你喜歡的不是女兒 而是媽媽我!?

5

望 公太
nozomi kota
插畫／ぎうにう
giuniu

Kadokawa Fantastic Novels

contents

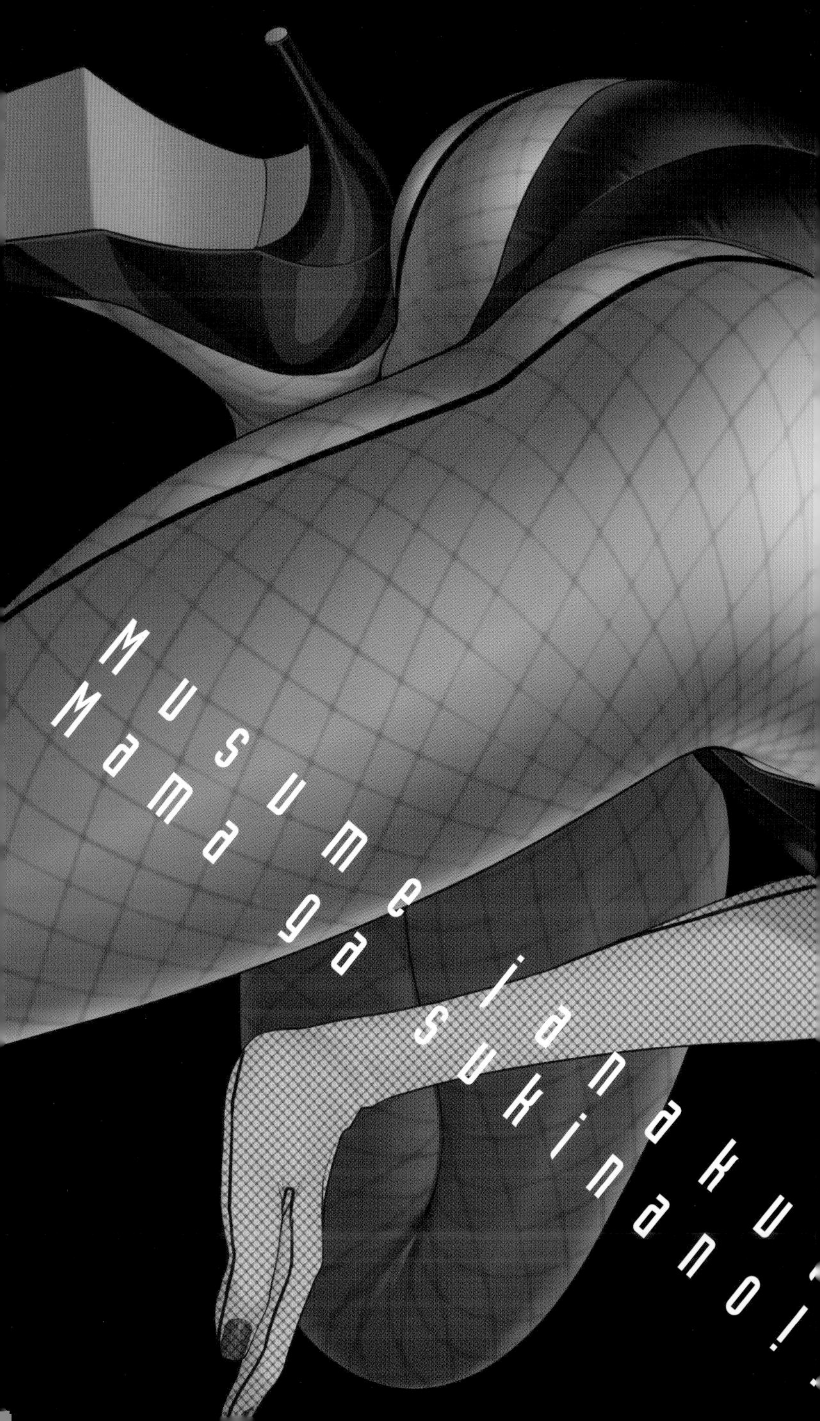
Musume janaku
Mama ga sukinano!

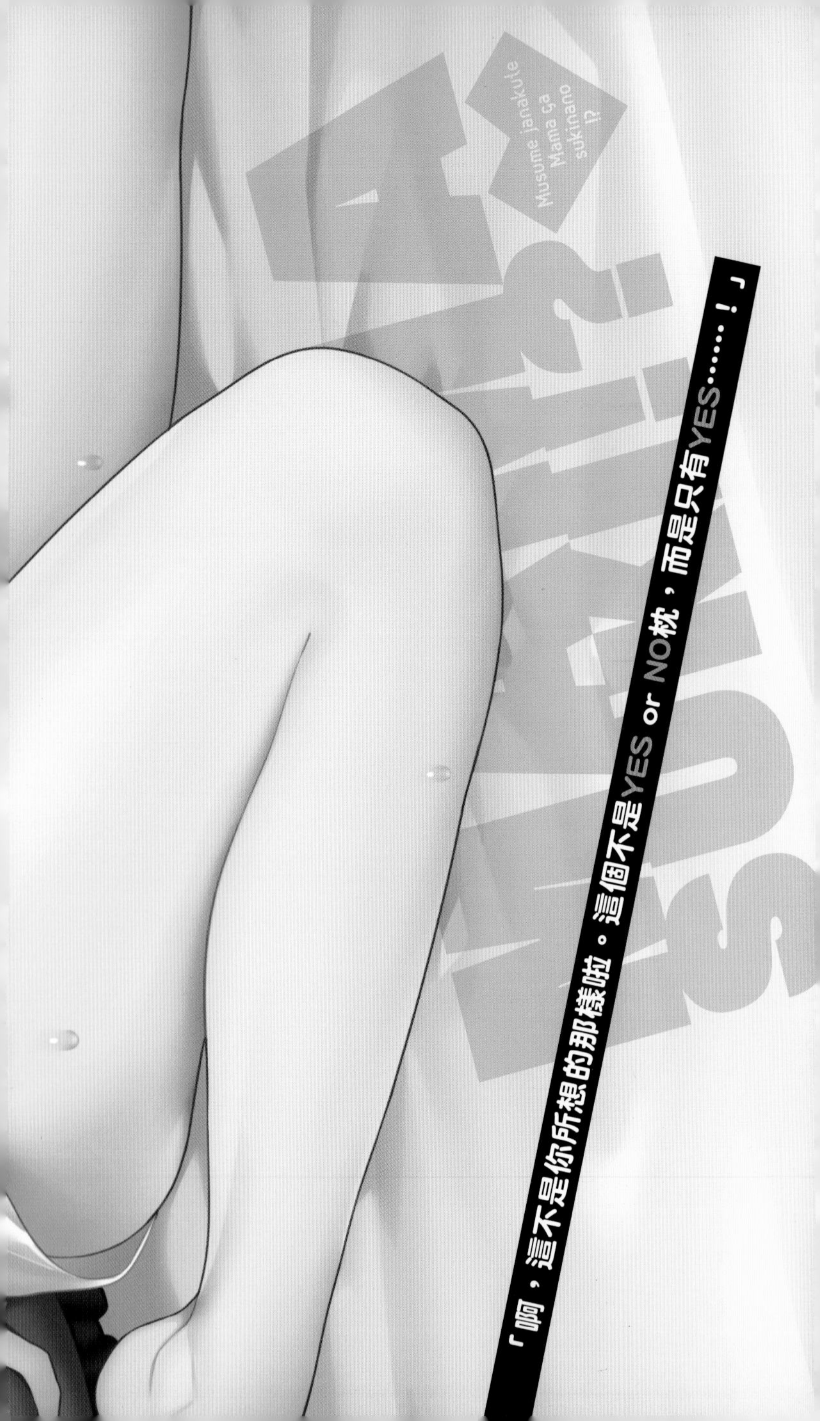
Musume janakute Mama ga sukinano !?
「啊，這不是你所想的那樣啦。這個不是YES or NO枕，而是只有YES……！」

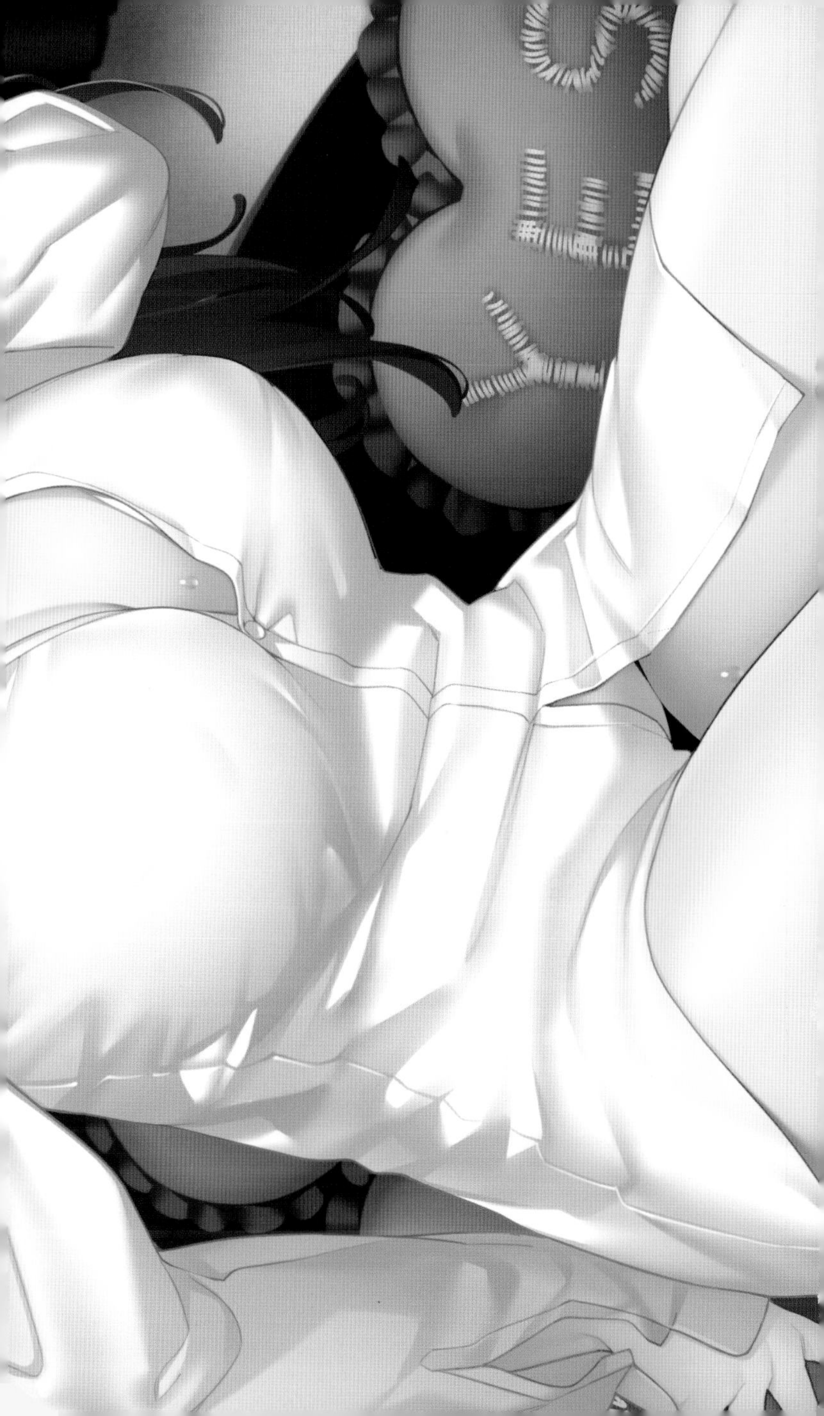

你喜歡的不是女兒而是我（媽媽）!?

Musume janakute Mama ga sukinano!?

望 公太
nozomi kota
插畫／ぎうにう
giuniu

Kadokawa Fantastic Novels

序幕

♠

雖然事到如今好像已無須多言，但總之我——左澤巧從十歲左右開始，便單戀上一名女性。

對方是住在隔壁的青梅竹馬——的母親。

我一直愛慕著收養姊姊夫婦的女兒，將其撫養長大的她。

這種情況——似乎不是很尋常。

從客觀的角度來看，我是這麼認為的。

會像我這樣愛上一個女人的男人應該相當稀少。

我從十歲開始——也就是在整個十幾歲的年少時期，始終過著一心一意只想著她的日子。

無論是國中還是高中。

連正值青春期的同班同學們在熱烈討論同年級的女生和漂亮學姊時，我心裡想的也都只有一個人，就只有住在隔壁的她。

『長大後，我要向綾子小姐告白。』

從十歲起就懷著這份決心而活的我，不僅不曾和其他女人交往過，甚至連喜歡上其他女人也沒有。

我就這麼心無旁騖地一直只喜歡她。

說好聽點是純情。

說難聽點就是……這個嘛，我不否認自己有點跟蹤狂的傾向啦。

總而言之。

因為我太愛慕綾子小姐——因為我談了一場遙不可及的戀愛，於是我度過了年齡＝沒女友資歷、在旁人看來黯淡無光的年少歲月。

可是。

但是。

若要說我向來都是心如止水……那倒也不是這樣。

當然，我敢對天發誓、對天地神明發誓，我真的從沒愛上過綾子小姐以外的女人，也不曾交過其他女朋友。

只不過……如果要說我從來沒有做過虧心事，那恐怕是騙人的。

高中時代。

我沒有交過女朋友。

但其實，我曾經有過近似女朋友的對象——

「左澤同學……」

高中二年級的放學後。

在夕陽餘暉下前往車站的路上。

出了校門經過一陣沉默之後，走在我身旁的她這麼開口。

聲音中帶著些許緊張感。

不知是沉默令她尷尬，抑或她是因為顧慮我才特地開啟話題。

「你曾經像現在這樣……和誰單獨一起放學回家嗎？」

「沒有。」

我微微搖頭。

「今天是第一次。」

「這樣啊……其實我也是第一次跟男生一起回家。」

身穿制服的她害羞地紅了臉。

「我是有和許多人一起回家過，可是沒有和另一人單獨回家的經驗。啊哈哈，感覺好緊張喔。」

「真教人意外耶，因為愛宕妳看起來明明很受歡迎。」

「咦？我才一點都不受歡迎哩。」

「受歡迎的人通常都會這麼說。」

「那不受歡迎的人會怎麼說？」

「……這個嘛，大概會說自己一點都不受歡迎吧。」

「啊哈哈，那不是一樣嘛。」

她瞇起眼睛，開心地笑道。

感覺對方和我都稍微沒那麼緊張了。

愛宕有紗。

和我同班的女生。

一頭稍微過肩的烏亮頭髮，加上明亮有神的雙眼。臉上總是帶著笑容，散發出一股開朗活潑的氣息。

她的個性比較友善，在班上無論男女，感覺和所有人都很要好，甚至也有許多同年級的別班男生喜歡她。

可是同時——她也莫名給人一種隔閡感。

雖然和誰都很要好，身上卻散發出一種和所有人都保持一定距離、不讓他人越界的獨特氣場。

她和我在二年級時同班，不過我們的交情並沒有特別深，大概就是有事時會稍微交談那種程度的關係。

單純就只是同班同學，沒有別的了。

直到她對我提出**那種提議**為止——

「對了我問你，稱呼要怎麼辦？」

「稱呼？」

「名字的稱呼。」

愛宕有紗這麼說。

「『左澤同學』念起來好拗口，我可以叫你的名字嗎？」

「隨便妳。」

「唔哇～一點都不感興趣的樣子。我可先聲明……你也一樣喔。因為我要直呼你的名字，所以你也得直呼我的名字。」

「為什麼我要……」

「本來就應該這樣啊。」

「……我不要。」

「為什麼？」

「沒有為什麼。」

我態度強硬地回答。

現在再提起實在有點令人難為情，但是要怎麼說呢，其實當時的我……一直有在避免和女孩子太過要好。

因為我覺得這麼做——是不忠的行為。

因為我不想變成一個心裡明明已經有綾子小姐，卻還對其他女人著迷的男人。

所以，我會不自覺避免親暱地直呼班上女生的名字。

……不過現在冷靜想想，我這種態度還真是倒人胃口。

居然自己擅自拒女性於門外。

就算是自我滿足也該有個限度。

「稱呼這種東西又不重要。」

「既然不重要，那你就直呼我的名字啊……嗯～你會因為這樣就生氣，反而讓人感覺很可疑耶。」

她露出狡黠的笑容。

「咦咦咦？你該不會其實很在意我吧？雖然板著一張臭臉，但其實內心小鹿亂撞？」

「……！」

我頓時有些動搖。

並不是因為——我在意她。

只是被調侃這件事讓我覺得不爽而已。

當時的我比現在來得幼稚，沒有足夠的餘裕和度量能夠對女孩子的調侃一笑置之。因此一氣之下——

「——有紗。」

我喊了她的名字。

「……！」

愛宕有紗明顯露出驚慌的神情。

她停下腳步，讓被夕陽染紅的臉變得更紅潤。

「……妳在害羞什麼啊，明明是妳要我叫的。」

「我、我才沒有害羞呢！我只是因為太突然才會嚇一跳！」

她氣呼呼地嚷嚷之後，稍微清了清嗓子。

「那麼……接下來換我了。」

接著這麼說。

她用一臉彷彿正在拚命隱藏緊張情緒以免被人發現的表情，直視著我開口。

「巧、巧……」

「……喔。」

因為不知該作何反應，我於是隨便應了一聲。

之後是一陣尷尬的沉默。

「……啊、啊哈哈，感覺果然好奇怪喔。我們之前明明沒有講過幾次話，現在卻突然用名字稱呼對方。」

打哈哈地說完，她轉身背對我，繼續往前走。

「巧、巧……唔嗯，我得努力讓自己習慣才行。」

一邊這麼喃喃嘀咕。

然後，她轉身對我說。

一副看似害羞，卻又有點開心的模樣。

「因為從今天開始，巧就是我的男朋友了。」

愛宕有紗。

高中時代的同班同學。

然後。

在高二時——

我曾有一段時間被稱作是她的「男朋友」。

第一章
同居與隱情

♥

我，歌枕綾子，3×歲。

時光飛逝，我收養因故過世的姊姊夫婦的孩子至今已經十年。

我原本暗自希望女兒將來能夠和隔壁的阿巧結婚，一邊過著平淡無奇的生活

——豈料有一天，那個阿巧竟突然向我告白。

說他喜歡的是我，不是我女兒。

驚天動地。

大吃一驚。

嚇到落下巴。

……咦？你說這個哏很老，年輕人聽不懂？還散發出濃濃的昭和氣息？哇

哇！收回收回，當我剛才沒說！

閒聊到此為止。我說到此為止就是到此為止。

總之——自從他告白之後，我們的關係便產生驟變。

而且是巨大的改變。

我們再也無法繼續當普通的鄰居。

後來，經歷過種種讓人一言難盡的事件之後——我總算察覺到自己對他的心意。

喜歡。

我好喜歡阿巧。

不是把他當成兒子或弟弟，而是將他視為異性喜歡上他。

一旦承認自己的心情，之後事情就發展得非常順利……事實上並沒有，因為我還是在最後拖拖拉拉了一番——但是。

在被阿巧告白的三個月後。

我和他終於交往了。

人生活到3×歲才交到第一個男朋友。

我是既開心又害臊，整個人完全不知該如何是好。

忍不住飄飄然起來。

如果光是能夠在一起就這麼幸福了，那真的開始交往之後究竟會怎樣啊……

緊張和興奮令我心跳不已——我們的交往，卻突然面臨到巨大的阻礙。

『從下個月開始——妳要不要來東京工作看看？』

上司狼森小姐這麼對我提議。

我所負責的作品即將動畫化，於是她提議要我到東京住上三個月，全力參與整個企畫。

這並不是業務命令，所以我大可拒絕。

可是——我還是接受了這個提議。

身為編輯，這是我提升能力的大好機會，而且更重要的是，我很想親眼看著自己從零開始打造的作品被製作成動畫。

但是如果要住在東京——我就得和阿巧分隔兩地。

雖然說只有短短三個月，不過才剛交往就突然變成遠距離戀愛……

沒辦法一起度過最開心的時期！

我原本覺得很猶豫——但是阿巧從背後推了我一把。

他願意由衷支持我的夢想和決定。

爽快地為我送行。

歌枕綾子。

左澤巧。

我們兩人的交往，將從遠距離戀愛開始揭幕……原本應該是如此。

九月。

狼森小姐在東京為我準備的——一間公寓。

格局是１ＬＤＫ。

以一個人生活來說，這樣的大小應該算是非常寬敞。

在東京若是要求比這更多，那就太奢侈了。

單調的房間裡，目前還只有最小限度的家具。

這間房子為狼森小姐個人所有。聽說她之前曾租給朋友，所以可能是前房客留下的電視、冰箱等就這麼擺在屋內。她告訴我可以隨意使用，如果不需要也可以丟掉。

房間一隅擺著我帶來的行李箱。

由於住上三個月會需要一定的生活必需品，因此我帶了不少東西來。其他行李預計過兩天宅配就會送達。

然後。

房間裡——還擺了另一個行李箱。

感覺像是男性會使用的，以黑色為基調的款式。

沒錯。

那是阿巧的行李箱。

此時此刻——他人就在這個房間裡。

隔著桌子，和我相對而坐。

原本預定要談一場遠距離戀愛的心愛男友——不知為何現在竟在我眼前。

今天。

我來到這個房間後，開門迎接我的人是阿巧。

分開三個月果然感覺好寂寞喔～啊～要是打開這扇門，能夠見到阿巧站在眼前就好了——我本來還這麼妄想，沒想到他真的出現了。

騙人！

是因為我太想見他才會產生幻覺嗎？

還是說——老天爺真的實現我的願望了？

諸如此類。

一瞬間，我腦中閃過各式各樣的念頭……但是大概全都猜錯了吧。

在我眼前的阿巧不是幻覺，是有血有肉的真人，而且也不是老天爺實現了我的願望。

與其說老天爺……總感覺應該是邪神一般的人在背後操弄。

就在剛才。

從房間出來迎接我的他這麼說。

——真的很抱歉一直瞞著妳……不過，就算我想說也不能說。因為向綾子小姐保密……是狼森小姐提出來的條件。

——呃……該從哪裡開始解釋好呢？那個……從結論來說就是……

——從今天起，我也要一起住在這裡。

「實、實習？」

大致聽完他的說明後，我忍不住怪聲驚呼。

阿巧露出內疚的表情。

「……是的。」

無力地點頭。

「也就是說，阿巧你……接下來要以實習生的身分在東京工作？」

「……預計是如此。」

我整個目瞪口呆。

實習。

如果以非常簡略的方式來說明，就是暫時在企業組織內工作的制度。各國對於實習的定義不同——以日本來說，多半是指大學生嘗試體驗在職場工作的感覺。

作為求職活動的一環，在企業工作一段時間的制度。

這就是所謂的實習。

唔哇，好懷念喔～

其實我在大學時，也曾經猶豫要不要去實習。我雖然也想那麼做……但後來還是因為嫌麻煩而沒有付諸實行。

「其實我從之前就一直有打算大三要去實習。」

阿巧緩緩道來。

「我想在正式開始求職之前，先藉由實習獲取社會經驗。因為只有在大學期間才能以姑且一試的心態工作，所以我自從升上大三之後，便一直到處尋找實習機會。」

「真、真不愧是阿巧……」

好有上進心。

不是假裝自己很有上進心，而是真的非常有上進心。

和因為嫌麻煩而不去做的我大不相同。

「呃，這沒什麼大不了的啦，因為我也只是抱著姑且試試看的心態在找而已。」

阿巧謙虛地說。

「但是……我在家鄉遲遲找不到條件符合的公司，所以……才會試著找狼森小姐商量這件事。」

「…………」

據阿巧所言——

他從之前便不時會和狼森小姐聯絡。

他們交換聯絡方式的時間點，是暑假前狼森小姐來我家那時。

我們三人一起吃壽司，後來我受到挑釁、穿上美羽的制服——不，那個部分不需要回想，還是將那份記憶永久封印吧。

總之……

聽說從那之後，他們兩人便會定期傳簡訊或通電話。

起初好像都是狼森小姐主動去調侃揶揄他和我之間的關係——但是後來他們就漸漸聊起阿巧的將來和出路了。

……針對阿巧瞞著我偷偷和其他女性聯絡這件事，我身為女朋友，或許應該要妒火中燒才正常，可是坦白說，我完全沒有那種感覺。

因為那是我們交往之前的事情……更重要的是，對方是狼森小姐。

我想，恐怕是對方硬要跟阿巧聯絡吧……況且，我也能理解阿巧找她商量出路這件事。

要比喻的話——大概就類似大學生訪問校友吧。

狼森夢美是很適合徵詢這方面意見的對象。

她在一流出版社留下實績後離職，創立自己的公司。作為一名優秀的經營者，她是至今仍持續在第一線活躍的女強人。

我認為，她的經驗談和工作觀非常值得學習。況且，她也確實時常為大學生進行演講。

作為一名社會人士，我也非常地尊敬她。

至於作為一個人……我就對她沒有半分敬意了。

「因為我在家鄉完全找不到實習機會，於是我抱著與其說商量，更像在發牢騷的心態跟她提起這件事……結果狼森小姐一下就幫我找到實習工作了。」

「喔喔……」

她的行動力還是一樣異於常人。

「聽說那是狼森小姐的朋友所經營的公司，正好從今年開始實施實習制度。不過，她的條件是……」

「該、該不會——」

我說出心中的猜測。

「她的條件是要你和我……一、一起住？」

「……是的。」

阿巧滿懷歉意地點頭。

「在聊實習的事情時，我也有聽狼森小姐說她正在考慮讓綾子小姐隻身赴任……所以，她才會提議要我和綾子小姐一起住。」

看來阿巧似乎比我還早耳聞，我要隻身去東京工作的事情。

感覺從很早之前，陰謀就已經在我不知道的地方悄悄上演了。

「我當然一開始有拒絕她！畢竟當時我們還沒有開始交往，而且我也認為絕對不能不聽綾子小姐的意見就擅自決定同居。可是……」

阿巧急促地解釋，然而音量卻變得愈來愈小。

「雖說只有三個月，要和綾子小姐分開還是讓人覺得很寂寞。」

「阿巧……」

「況且狼森小姐還說——倘若我拒絕，她就要帶開始在東京生活的綾子小姐……玩遍男公關俱樂部和男性酒吧。」

「她對你說了這種話？」

什麼跟什麼啊！

居然還出言威脅？

「……真、真受不了～她那個人還是一樣胡來！阿巧你也真是的，我怎麼可能會去那種地方啦！」

「話是這麼說沒錯……可、可是我怕會有個萬一啊。因為狼森小姐還說了『像她這種純情又有潔癖的類型，一旦陷進去就會無法自拔喔』這種會讓人愈來愈不安的話。」

看來阿巧完全被花言巧語給騙了。

狼森小姐的花言巧語果然厲害啊。

連我都不曉得上過幾次當了。

「我真的好擔心。擔心要是綾子小姐迷上男公關，欠了一屁股債……結果被迫到那種不正派的店裡工作怎麼辦。」

「你妄想到哪裡去了啊？」

妄想的糟糕和深入程度是我預期的三倍！

狼森小姐，妳也太會煽動不安情緒了吧！

忽然間——

就在如此兵荒馬亂的時間點，電話來了。

由於正在談論重要的事情，我本來打算不予理會——但假使對方是萬惡的根源，那就另當別論了。

「……失陪一下。」

我稍微致歉後離開座位。

進到客廳旁邊的西式房間，緊閉拉門。

然後接起電話。

『嗨，歌枕。』

結果狼森小姐無比愉悅的聲音立刻傳入耳中。

我彷彿可以見到她不懷好意的笑容浮現眼前。

我在進屋之前曾和她稍微通過電話……看來她似乎是算好時間點又再次打

來。

也就是我大概已經驚訝過一輪的時間點。

『呵呵，怎麼樣？喜歡我給妳的驚喜嗎？』

「……托您的福，我真是受寵若驚。」

『哈哈哈！那真是再好不過了。』

她似乎完全聽不懂我語氣中的挖苦。

「……妳居然做了這麼荒唐的事情。不只是我，甚至把阿巧也捲進來……我們又不是妳的玩具。」

『妳講話很不中聽耶～妳不應該怨恨我，應該要感謝我才對啊。』

她以悠哉的口氣說道。

『歌枕妳可以在東京做想做的工作，左澤可以達成他想要實習的願望，然後你們小倆口可以迴避剛交往就得遠距離戀愛的悲劇。我則因為奸計……不對，是驚喜成功而非常開心。這可是所有人都沒有損失的最完美結局呢。』

「這……」

我差點又要被她蒙騙過去了。

好、好險……！

我剛才一瞬間有了「的確誰都沒有損失」的念頭……！

『再說，那間房子是我的。你們小倆口可以不花一毛錢，就在都會的公寓裡享受同居生活喔？我是覺得自己值得擁有更多一點的感激啦～』

「……我、我並不是不感激妳……但就算是這樣，也不代表妳可以恣意妄為啊！」

『這個嘛，其實我也有在反省自己這次是不是做得稍微太過火了……』

聽完我的控訴，狼森小姐的語調微微一沉。

『但是我希望妳能夠明白一件事。那就是我也……好吧，我不會說完全沒有，但我這麼做絕對不是出於百分之百的惡意。我也是稍微有在替你們兩人的關係著想的。』

「…………」

『我從以前就一直希望《青梅竹馬》動畫化時，歌枕妳可以在東京住一段時間。正當我在苦思怎麼做最有趣——不對，是對妳最好的決定時……左澤剛好就來找我商量實習的事情。』

「……所以妳才會想到要讓我們一起住嗎？」

『正是！』

狼森小姐一臉得意地說。

雖然講電話看不見她的表情，但是我敢肯定她現在絕對是一臉得意。

『雖然之前因為不確定因素太多，不曉得能不能順利進行，不過幸好結果非常成功呢。而且你們也在恰到好處的時間點開始交往了。』

「妳、妳也太隨便了吧……！假如我們沒有交往，到時要怎麼辦？」

同居計畫是從阿巧找她商量實習的時候開始。

換句話說——計畫早在我們開始交往之前就啟動了。

因為我們是從一星期前才開始交往。

「這麼一來，我們明明不是情侶，卻還是得住在一起耶！」

『那樣也挺有趣的啊。』

狼森小姐滿不在乎地說。

『既然你們一直拖拖拉拉地保持朋友以上、戀人未滿的關係，那麼強迫你們同居也是一個打破現狀的辦法。反正你們八成遲早會交往，所以一切只是時間早晚的問題啦。』

居、居然說得如此斬釘截鐵……！

雖然看在旁人眼裡，可能沒有「快點交往啦」以外的感想……但我們還是有我們自己的路要走啊！

「算、算了，我就退讓一百步，不計較同居的事情了，畢竟這件事確實對我們也有好處。可是……既然如此，妳為什麼要瞞著我？」

說到底，我最生氣的點是這個。

是瞞著我擅自進行一切這件事。

「明明是這麼重要的事情，結果妳卻把我排除在外，悄悄地把阿巧捲進來使壞……妳這樣實在太惡劣了。妳也不想想我是抱著什麼樣的心情決定來東京……」

『就是那個。』

突然間——狼森小姐的語氣變得尖銳。

「那個？」

『妳的那份心情、那份決心，才是我真正想要的。我也不只是為了嚇妳，才特地準備這個驚喜喔？』

「…………」

『如果我之前就告訴妳同居的事情——讓妳知道來到東京後，會有和左澤的同居生活在等著妳，妳應該會更乾脆地決定來東京吧？』

「…………」

我想——也許是吧。

這次隻身到東京工作。

對我而言，是可以做我想做的工作的大好機會。

唯一讓我放心不下的是美羽——以及阿巧。

要和才剛交往的他遠距離戀愛，讓我覺得好痛苦。

儘管如此——我還是下定決心。

決定去做自己想做的工作。

決定不要成為一個為了戀愛不顧工作的女人。

我想要以娛樂事業的從業人員身分，發揮全力——

『不用說，動畫化無疑是一件大工程。是會牽涉到各個業種的龐大企畫。原作的責任編輯一旦參與其中，勢必會成為該企畫的中心人物。所以，要是妳用半吊子的心態去做這麼重要的工作，那就令人傷腦筋了。』

她滔滔不絕地說。

『我不希望妳因為要和男朋友同居，懷著飄飄然的心情來東京。我希望妳能夠展現堅定的決心。比方說——即便得和心愛的男友相隔兩地，也想要做那份工作……這種渴求般強烈的決心。』

「……意思是妳在測試我嗎？」

『是啊。不過——我一直都很相信妳喔。』

這一次，狼森小姐的語調轉為柔和。

『我所認識的歌枕綾子……雖然是個無可救藥的戀愛新手，卻不是一個會為了男人荒廢工作的沒用女人。』

「…………」

『只要擁有決定隻身赴任時的那份決心，即便置身和男友同居這個令人飄飄然的處境當中，想必也不會怠忽工作吧。歌枕妳沒有辜負我對妳的期待，對此我感到非常滿足。接下來的三個月，妳就盡力工作、盡力培育愛苗，享受充實的同居生活吧。』

以真的聽似滿足的語氣說完，狼森小姐便掛斷電話。

留下我一人抱頭苦思。

唔嗯……

要怎麼說呢，我總覺得心裡好悶。

到底怎麼回事？

我怎麼感覺到頭來，自己還是被她的花言巧語耍得團團轉了。

真是的……狼森小姐真狡猾。

她明明一定只是想嚇我、戲弄我，卻找了個冠冕堂皇的理由將自己的行為正當化。

她的花言巧語功力實在高超。

若是生對時代，她搞不好會成為領導人民發動革命的煽動者。

「……唉。」

我帶著難以言喻的心情，從西式房間回到客廳。

結果，原本坐著的阿巧一見到我，立刻站起身來。

「電話……是狼森小姐打來的嗎？」

「是、是啊。我本來想大肆抱怨一番，結果感覺又被她的花言巧語給哄騙了。」

「……這樣啊。」

阿巧露出愧疚的表情……

「那個，綾子小姐。」

接著說下去。

「妳果然……生氣了對吧？」

「……咦？」

「瞞著妳暗地進行同居的事情……就算條件是將這件事情保密，我也不該未經綾子小姐許可，擅自決定這麼重要的事情……我真的感到很抱歉。」

「怎麼這樣……阿、阿巧你不需要道歉啦，這一切都是狼森小姐不好。」

「可是，我也和共犯沒兩樣啊。」

「你不用放在心上，我真的沒有生你的氣。」

不忍見他憂鬱的神情，我急忙這麼否定。

「……騙人的。」

然而停頓一會後，我又接著這麼說。

「其實……我有一點生氣。」

「咦……」

「因為阿巧你從一開始就全部知情對吧？知道從九月開始，我們兩個人會一起生活。知道我們即將展開同居，而不是遠距離戀愛。」

「是、是這樣沒錯。」

「既然如此——那你這一星期來，究竟是懷著什麼樣的心情在跟我親熱？」

我大聲嚷嚷。

克制不了想要嚷嚷的衝動。

這一星期來發生的種種事情，在我腦袋裡不停盤旋。

「什、什麼樣的心情……」

「我是因為想到九月開始就得和阿巧遠距離戀愛……想到我們很快就要分隔兩地，所以才……該怎麼說……才稍微拋開矜持跟你親熱……！」

距今一個星期前。

我告訴阿巧自己將隻身去東京工作的那天。

——……我再過大約一星期就要去東京了……在那之前，我想要好好地……盡可能多和阿巧親熱。

我在最後一刻，說出了這樣的話。

說出回想起來會羞恥到讓人很想死的話……！

因為……

因為我覺得現在不是裝模作樣的時候。

因為我覺得事到如今害臊也沒有意義。

因為我想要盡可能用濃烈的愛意，填滿所剩無幾的時間。

而實際上就如同我所言，這一個星期——我們的確有好好地親熱。

像是要彌補無法見面的三個月一般，度過了濃情蜜意的時光。

坦白說……我甚至還做出了一些相當丟臉的事情。

我拋棄所有年長女性的尊嚴，一刻也不浪費地盡情撒嬌。

抱著活在當下的心情。

心想，既然這是遠距離戀愛之前的某種獎勵時間，那麼就算做出如此羞恥的情侶行為也會被原諒——然而。

「然而阿巧你竟然全部知情……這麼一來，什麼都不知道還獨自一頭熱的我不就像傻瓜一樣嗎……！」

「綾、綾子小姐……」

「嗚嗚……你想必一定也曾在心裡偷偷笑我吧？」

「我、我才沒有笑！」

「你騙人！」

「我沒有騙妳。」

阿巧慌張地解釋。

「我怎麼可能會笑妳呢？見到綾子小姐如此珍惜和我相處的時光，我真的覺得好開心……同時也感到非常抱歉，甚至還曾經差點敗在罪惡感之下，將同居的事情說出來。可是，畢竟我和狼森小姐約定好了。況且……」

「況且？」

「……卯足全力跟我親熱的綾子小姐實在太可愛了。」

「什麼！」

「見到妳表現出平時難以想像的撒嬌模樣……我才發現，原來綾子小姐是交往之後會變得撒嬌黏人的類型啊。」

「～～～！」

「妳不只會很自然地餵我吃東西，而且……還會提出『抱我』、『揹我』之類的要求，要我無意義地揹著妳在家裡走來走去。」

「……別、別再說了～～～！」

好丟臉！

真的是丟臉死了！

我之前到底在做什麼啊？

就算是三個月見不到面，我也太放飛自我了吧！

「不、不是的！不是那樣子……那是因為……」

「能夠欣賞到綾子小姐的新面貌，過去一星期對我而言是最美好的時光。其中——昨天的裸體圍裙更是足以成為我一生的回憶。」

阿巧無視語無倫次的我，繼續用一臉陶醉的表情說下去。而他的那句話，對我造成了強大的衝擊。

沒錯，我想起來了。

親熱一星期的最終日——也就是昨天。

我把阿巧叫來我家……做了裸體圍裙的裝扮！

因為是最後了！

因為是最後一天了！

為了不讓阿巧在無法見面的這段期間劈腿，我想在最後做些具有衝擊性的事情——結果我想到的就是裸體圍裙。

反正我就是想到了這個點子，這也是沒辦法的事。

不過話說回來，我當然不是真的完全裸體，而是在內衣褲外面穿上圍裙，呈現一個從前面看起來像是全裸的「偽裸體圍裙」狀態……儘管如此，這副打扮還是一樣相當羞恥。

一旦以如此厚顏無恥的裝扮示人，真的會不知道從明天起要用什麼臉去見對方。不過，既然從明天開始即便想見面也見不到，那麼就算稍微放飛自我也沒關係。就是這樣的想法，讓我不顧一切地踏出那一步。

然而——我們卻見面了！

才隔一個晚上就碰面了！

「～～！忘、忘了它！你現在就把昨天的裸體圍裙從記憶中刪除！」

「沒辦法啦……那麼美好的畫面，我就算想忘也忘不了。」

「一點都不美好！除了丟臉外什麼都不是！……啊！對了，阿巧——你有拍裸體圍裙的照片對吧？」

猛然想起這件事的我問道，結果他立刻把視線移開。

「我明明就說那樣很丟臉，不想拍照……你卻說『因為從明天起就見不到面了，所以想留下最後的回憶』，然後狂拍一堆照片……」

「那、那是……」

「都是因為你用泫然欲泣的表情拜託，我才特別讓你拍……」

「呃……」

「可是，阿巧你……早就知道我們今天會見面吧？」

「…………對不起。」

在我定睛注視、咄咄逼問之下，阿巧放棄似的低頭道歉。

「因為我無論如何都想將綾子小姐的裸體圍裙給記錄下來，所以才會忍不住……」

「果然如此……！真是的，阿巧好過分！」

我逼上前去，砰砰砰地捶打阿巧的胸膛。

「刪掉！現在馬上刪掉！」

「這樣太殘忍了……我本來還想當成一輩子的寶物耶。」

「那種東西不需要當成寶物！你現在就把照片刪除！」

「可、可是……我家裡還有備份，就算現在刪掉也沒意義……」

「你居然還留了備份？」

「其實綾子小姐的照片我全部都有留存備份，分別確實保存在雲端和硬碟裡……另外，為了預防電子儀器全部故障的情況發生，我也會印出來收藏在相簿中。」

「你也做得太滴水不漏了吧？」

我的照片是什麼具有歷史價值的重要文化遺產嗎？

感覺我一時的羞恥之舉，將會跨越世代被傳承下去！

之後，我繼續一邊捶打阿巧的胸口、一邊不停抱怨。

「……嗚嗚，真是的……阿巧是大笨蛋！」

但是沒一會，我便停止捶打，將臉埋進他的胸膛。

「分隔兩地這件事……是真的讓我覺得很寂寞耶。」

「綾子小姐……」

「虧我還以為阿巧也跟我有相同的心情……沒想到就只有你知道同居的事情，還一直暗自感到雀躍。」

「對、對不起……」

阿巧一面道歉，一面輕輕將手臂繞到我背後。

然後溫柔地擁抱我。

「從今天起我會一直陪在妳身旁，彌補讓妳感受到的寂寞。」

「……嗯。」

雖然心中依舊有許多不滿，但是回過神時，我已經微微點頭，伸手回應他的擁抱了。

啊——

我真是單純啊。

原本照理來說，我應該要更生氣的。應該要對安排這個荒唐驚喜的兩人——尤其是狼森小姐好好地發一頓脾氣，並且懷恨在心一陣子。

然而……心中的怒火卻變得愈來愈微弱——取而代之的是其他火焰益發熾烈。

突如其來的同居生活。

從早到晚都和他在一起。

整整三個月都不分開。

興奮、困惑、緊張的情緒充斥整顆心，感覺隨時都要破裂一般，讓我完全無暇去感受憤怒。

假使無論如何都得形容那種難以言喻的澎湃心跳……那麼大概就是雀躍和忐

忑加起來除以二吧。

接下來即將展開的兩人生活，讓我的心不由得狂跳不止。

第二章
裸體與圍裙

♠

照道理，這個時候應該要立刻朝著之後的情節進行才對。

我們的同居首日還沒有結束。

購物、吃晚餐、洗澡等，有許多應該要兩個人一起完成的事情。

然後最重要的是——在這之後是所謂的初夜。

不是新婚初夜，而是同居初夜。

同住一個屋簷下的第一個夜晚，正在前方等待著我們。

我想，應該任誰都很好奇我們這天晚上發生了什麼事吧。

可是。

在描述如此令人興奮忐忑的「同居初夜」之前，有件事我無論如何都想先提。

不惜扭曲時序，也想插隊提起的回憶。

不惜無視因果律，也想插隊提起的過往。

那就是——綾子小姐的裸體圍裙。

雖然上一章曾稍微提及，但是內容描述得實在不夠多，情報也過於零碎。

這樣下去，她有可能會被人以為打扮得那麼變態只是在惡搞。

不，不是那樣的。

綾子小姐之所以會做那種羞恥的打扮，是有理由的。

有她個人的理由。

而我無論如何都想要說明那一點，想要為整件事情加上注釋。我遭人誤解無所謂，唯獨綾子小姐被人誤會這件事我無法忍受。

所以，請容我在此唐突地回憶過去。

假使各位願意——還請如同以前的聖誕比基尼的回想一樣，陪我一同看下去。

這是綾子小姐對同居還一無所知時的事情。

親熱一星期的最終日的故事。

也就是……昨天發生的事情。

星期天的午後。

「……唉。」

我站在歌枕家的玄關前，情不自禁嘆了口氣。

我今天接下來將要在綾子小姐家和她見面。

也就是俗稱的「在家約會」。

若是平常，能夠和綾子小姐見面、和她約會，我的心情一定會興奮到最高點，絕對不可能唉聲嘆氣……可是最近這陣子，我正為了有些複雜的情況而煩惱。

當然，我很高興能夠見到綾子小姐。

更何況今天是——她去東京的前一天。

是展開遠距離戀愛前，能夠見面的最後一天。

在這樣的背景之下，今天的「在家約會」照理說必須拿出十足的幹勁來才行。應該要為了填補無法見面的時間，為了共度濃情蜜意的時光而竭盡全力。

然而——我的心情卻沒辦法那麼嗨。

即便想讓自己興奮起來，但內心始終帶著愧疚感。

因為……我們其實並不會談遠距離戀愛。

反而完全相反。

從明天起，我們——將會開始同居。

不僅不會分隔兩地，距離反而還會拉得很近。

目前綾子小姐還不知道這個事實，只有我一人知情。

啊……罪惡感好重。

這一個星期來，我一直覺得心好痛。

不敢看著相信我們將要分離、神情落寞的綾子小姐。說實話，我有好幾個瞬間都想將真相全盤托出。

但是……我不能打破和狼森小姐的約定。

儘管我和她的交情不深，卻還是隱約有一種感覺。

能夠憑著本能察覺一件事。

那就是，一旦打破和她的約定……將會有非常可怕的事情發生。

不過再怎麼說，畢竟我感覺她也是很認真在替綾子小姐著想，更重要的是，她在實習這件事情上給予我諸多關照。

所以，我不能做出那種不誠實的行為。

「……加油。」

我重新替自己打氣，下定決心。

壓抑罪惡感，偽裝表情和情緒。我必須在今天結束之前，扮演好「女朋友即將離開前往東京的男朋友」的角色。好好努力吧。

我帶著決心，按下對講機。

「是、是誰？」

門後傳來綾子小姐的聲音。

「阿巧？是阿巧對吧？」

「是的。」

「……太好了。那你進來吧，門沒有鎖。」

她用有些焦急的口氣這麼說。

嗯？她平常明明都會幫我開門，今天是怎麼了？

我抱著這樣的疑問開門，脫掉鞋子。

然後就在我進到客廳之後——疑問頓時全部解開了。原來如此，這樣確實沒辦法開門迎接我。

綾子小姐——一身裸體圍裙的裝扮。

裸體加上圍裙。

除此之外沒有別的話好說。

她的身上沒有其他多餘衣物，就只有在裸體外穿上白色圍裙。肩膀、乳溝、大腿……那副大片肌膚裸露的模樣極其煽情。

目睹如此衝擊的景象，我不禁沉默了幾秒。

也可以說是看到出神。綾子小姐的裸體圍裙就是具有如此驚人且暴力的魅力。

「……呃，妳、妳在做什麼啊，綾子小姐……？」

「什麼做什麼……就、就是裸體圍裙啊。」

我好不容易擠出疑問，結果綾子小姐羞答答地這麼回答。

她的臉因為羞恥而變得通紅，一副窘迫到感覺隨時都會逃跑的模樣——可是，她並沒有逃跑。

她依舊站在原地，在我面前展現這身裝扮。

展現裸體圍裙這個宛如將男性慾望完整體現的裝扮。

「雖然我不是很懂……不過男人都喜歡這種裝扮對吧？這種裝扮是男人的夢想對吧？」

「可、可以這麼說……」

沒錯！

這確實是夢想中的夢想！

綾子小姐的裸體圍裙……我這十年來不曉得妄想過多少次。

坦白說，夏天時衣著輕薄又穿上圍裙的綾子小姐有時會看起來像是裸體圍裙，讓我一人擅自小鹿亂撞過好幾次。

「放、放心啦！雖說是裸體圍裙……但其實是『假的』！我裡面有穿內衣褲！」

綾子小姐一副無地自容地大喊，並且稍微拉開圍裙的肩膀部分。

拉開的部分隱約露出胸罩的肩帶。

看來她真的不是全裸，身上有穿內衣褲。

對此，我感到既安心又失望。

同時……也反而覺得挺性感的。

「畢、畢竟我才沒有那麼變態，會從大白天就突然做出真正的裸體圍裙裝扮……」

雖然她嘀嘀咕咕地這麼辯解，不過在大白天做出「偽裸體圍裙」裝扮，我想也算得上是相當具有攻擊性的行為。

但我是不會說出口的。

「所以說，那個……因為這是『假的』，所以你不要從各個角度看喔？我希望你只要欣賞正面的風景就好……」

「………」

「啊！算了、算了……你還是也不要從正面看……不然我可能會害羞到死翹翹……」

綾子小姐害臊地扭動身體，結果使得大腿內側、腋下等相當私密的部位從圍裙底下露出來，害我的心情也跟著為之躁動。

「嗚嗚……阿巧你是不是覺得很傻眼？是不是覺得很倒胃口？你是不是在想『這位大嬸在搞什麼啊』？」

「我、我並沒有那麼想！」

我急忙安撫情緒不穩定的綾子小姐。

「不過，妳為什麼會突然打扮成這樣……」

「因、因為……今天是最後一天了。」

綾子小姐用感覺隨時都會哭出來的表情回答。

「我想在最後留下深刻的回憶……為了不讓留在這裡的阿巧忘記我——為了讓你即使在我們分開之後仍能鮮明地記住，我想要留下強烈的衝擊。既然如此……好像也只能做裸、裸體圍裙的裝扮了。」

「綾子小姐……」

裸體圍裙是綾子小姐對我的體貼。

因為是遠距離戀愛前的最後一天，於是她踏出有些失控的一步。

一切都是為了我。

這份心意讓我好開心。

可是在此同時——我的心也疼痛無比。

唔哇啊……罪惡感好重。

因為……

因為——我們其實並不會分隔兩地。

「嗚嗚……好寂寞，真不想去東京……」

綾子小姐的語氣聽起來真的好傷心。

「從明天開始，我們就再也不能像這樣輕易見面了耶？」

可以。

可以見到面。

從明天起的三個月，我們每天都會碰面。

「我、我當然也打算盡可能抽空回來……可是，最多一週一次就是極限了……而且從明天開始，我得搭電車和新幹線，一共花兩個小時才能見到阿巧！」

不需要那麼久。

我們之後每天隨時都能夠見面。

「而且也沒辦法像這樣交談了。就算可以通電話……還是跟面對面聽到的聲音不一樣啊……！」

可以。

我們可以盡情地面對面交談。

「像是擁抱……還有接、接吻，這些也都辦不到了……」

辦得到。

而且我感覺頻率還會比現在更高。畢竟我已經在妄想，想要向綾子小姐索討「出門前的親吻」了。

「……要是阿巧也一起來東京就好了。要是我們可以一起住就好了。」

會的。

從明天開始，我們將會住在一起。

「……唉。抱歉喔，阿巧，讓你聽我說這些任性的話。」

「沒、沒關係。」

心、心好痛……！

我感覺自己快要被罪惡感殺死了。居然欺騙自己最愛的人還讓她感到寂寞，我到底在做什麼啊？

「不過，老是這樣發牢騷也不行。畢竟今天是我們最後一天可以這樣見面了，得製造一些快樂的回憶才可以……」

「就、就是說啊。我們就開心地度過今天吧。」

「嗯，我們就開心地在家約會吧。那麼——我先去換衣服，你等我一下喔。」

「……咦？」

聽了綾子小姐自然而然說出口的話，我忍不住反問。

「妳要換衣服？」

「是、是啊，當然要換啦。因為……繼續穿著很丟人現眼耶。」

居然說自己丟人現眼。

好吧，感覺的確是有點糗，不過自己說自己丟人現眼，難道不會太自虐嗎？

「這麼羞恥的裝扮……總不能一直繼續下去吧？況且也不知道美羽什麼時候會回來。」

綾子小姐突然說出很有常識的話來。

……既然妳會說那種話，一開始怎麼會做出裸體圍裙的裝扮呢？算了，先不追究這個了。

真的假的？

要換衣服啊？

裸體圍裙已經要結束了嗎？

「……請問——」

深深感到惋惜的我忍不住開口請求。

「在妳換衣服之前，我可以先拍照嗎？」

「拍照？你是說拍裸、裸體圍裙嗎？」

「是的。」

「不、不行啦，絕對不行！」

綾子小姐斷然拒絕。

「通融一下啦。」

「不行不行！絕對不可以！」

「……可是之前的女僕服妳就答應了，不是嗎？」

「這、這個和女僕服不一樣啊！女僕服是為了角色扮演而製作的服裝，即便被誰撞見，還是可以拿嗜好當作藉口勉強敷衍過去……可是裸、裸體圍裙……是只有因為交到男朋友而樂昏頭的女人才會做的打扮……好比現在的我……」

綾子小姐以言語自傷。

「無論如何都不行嗎？」

「……不、不行啦。就算你用那種眼神看我也不行……嗯，不、不行。無論你再怎麼拜託，不可以就是不可以……」

見到她的拒絕變得愈來愈無力，我心中燃起無可言喻的興奮感。

啊～～究竟是怎麼回事啊！

這種……只要進攻就有望成功的感覺！

提出任性要求的我固然不對，可是綾子小姐也有不好的地方！

被人用這種方式拒絕——只會讓人更想進攻！

因為感覺只要進攻就有可能成功啊！

「……拜託妳。」

對裸體圍裙的執著……以及已經形同誘惑的無力拒絕。

這兩種元素混合在一起，喚醒了我體內的惡魔。

「因為從明天開始我就見不到綾子小姐了，所以我想在最後留下美好的回憶，留下能夠幫助我克服遠距離戀愛的回憶。」

「阿巧……怎麼這樣……」

綾子小姐一副既害羞又不知所措的模樣。

儘管罪惡感一再刺痛我的心，我還是沒能戰勝惡魔的誘惑！

沒能戰勝將眼前的甜美畫面留下紀錄的誘惑！

「說的也是喔，我們從明天開始就見不到面了……既然如此……啊，可是，唔唔……唔唔～～！」

綾子小姐帶著極度苦惱又無辜的神情，向上仰望我。

「你、你真的想讓這副裝扮成為最後的回憶？」

「是的。」

「你想將我的這身打扮……拍下來，反覆回味？」

「是的！」

「……唉唷，阿巧你真是的。」

然後，綾子小姐開口了。

用一副雖然害羞到滿臉通紅，卻仍暗自竊喜的表情。

「——只能拍一點點喔。」

之後——

我便開始拍她的羞恥照片。

一邊在心中不停道歉……一邊拍下多到完全不只有「一點點」的數量。

——回想結束。

親熱一星期最終日的故事，到此告一段落。

……究竟是怎麼回事呢？我本來想敘述綾子小姐做裸體圍裙打扮背後的深刻緣由，結果卻感覺好像沒有什麼大不了的原因。

應該說，我覺得自己有點惡劣。竟然敗給自己的慾望，還利用她的好意編織謊言……

綾子小姐有些失控，我則是敗給誘惑……這或許是一段說出來，不會有人感到幸福的過往回憶吧。

算了，既然都說出來了，如今也沒什麼好追究的。

與正題無關的回想到此結束。

非常感謝各位的靜心聆聽。

那麼，請接著繼續欣賞本文——欣賞我們同居首日的夜晚。

第三章
同居與初夜

♥

儘管腦袋還無法理解和接受眼前的狀況，但是也不能一直這麼困惑下去。

因為從今天開始──從現在這一刻起，我們就要開始同居了。

必須兩人共同生活。

無論吃穿住都必須兩人一起。

在內心混亂尚未平息的情況下，我們姑且開始動手整理行李。

將個人衣物收進衣櫥，將帶來的餐具放進櫃子。

由於我一直以為我會獨居，這次只帶了一人份的生活用品來，因此感覺接下來有很多東西非添購不可。

時間就在整理行李中過去，一轉眼便來到了傍晚。

是必須中斷準備「衣」和「住」，開始準備「食」的時候了。

屋子裡雖然有冰箱，不過裡面當然是空空如也。

於是，我和阿巧兩人一起外出買晚餐。

「——是喔～原來阿巧你要實習的公司是『莉莉絲塔』啊。」

我們一邊閒聊，一邊走在不熟悉的街道上。

目的地是離公寓最近的超市。

我們用導航搜尋之後，發現附近有一家走路約莫十分鐘的超市。雖然我們是第一次去，不過途中的路線並不複雜，邊走邊聊天應該也不會迷路。

「綾子小姐，妳知道那家公司啊？」

「嗯，因為對方和我們公司還滿常往來的。」

「莉莉絲塔」股份有限公司。

那是一家主要從事網路服務和應用程式事業的新銳新創企業。近幾年因為也開始推出漫畫應用程式，所以和「燈船」的關係也很密切。

對喔，之前阿巧有說過那是狼森小姐的朋友所創立的公司。

「阿巧，原來你想要去那樣的公司工作啊。」

「其實我還沒有那麼具體地確定，不過我的確有點想做網路相關的工作。」

「可是，你向學校請假好幾個月沒關係嗎？」

「沒問題的。因為實習也可以算入學分，而且我在三年級的前半段就已經把大部分的學分都修完了。只不過，這中間有必要為了考試回去幾次就是了。」

啊，對喔。

有些大學確實可以將實習經驗算入學分。

況且阿巧他……真的從一年級開始就很認真上課，也很努力地修學分，所以為了實習稍微缺課應該是不成問題。

「阿巧果然很厲害呢。」

「沒有、沒有，這樣其實很正常啦。」

在一陣閒聊之中，我們抵達超市。

阿巧幫忙推購物車，我則把購物籃放到推車上。

如果是家附近我平常去慣的超市，我就能發揮長年的主婦技能，以極具效率的動線完成購物……可是在初來乍到的地方，就不可能清楚這裡的動線了。

我們兩人慢慢地在店內東轉西晃。

「對了，也得買明天開始的早餐呢。阿巧，你有想吃什麼嗎？例如比較想吃麵包？或者是飯？」

「都可以。」

「……這樣啊。唔嗯～」

「啊，對不起，我回答都可以會讓妳傷腦筋對吧？呃，那麼……真要選的話，我比較想吃麵包。」

「知道了。其實我早上也比較喜歡吃麵包，那就這麼辦吧。這麼一來，也得買抹在麵包上的醬料才行了。房間裡面有烤麵包機，而且我也帶了自己愛用的平底鍋來……」

「那有洗碗精嗎？」

「啊～沒有耶。待會還是買一下好了。」

我們就這麼一邊交談，一邊慢慢地購物。

感覺好不可思議啊。

我居然會和阿巧一起邊討論，邊採買明天開始要吃的東西。

雖然之前曾有過好幾次一起購物的經驗，感覺卻和以往截然不同。

兩人一起採買共同生活所需的用品。

這樣簡直就像——

「……我們感覺好像新婚夫妻喔。」

聽到阿巧一臉害羞地這麼說，我的心頓時猛然一跳。

因為我還以為自己的心思被他看穿了。

「討、討厭啦！阿巧你在胡說什麼啊！」

「對不起。但我就是忍不住這麼覺得。」

「你太心急了啦，我們明明才剛交往而已……呃，啊！不、不是的！我說心急的意思……並不是已經決定將來要跟你結婚……雖然……我、我並不討厭那樣，但是，呃……」

「沒、沒關係！我明白妳想說什麼。」

我們雙方都面紅耳赤。

清清嗓子讓心情恢復平靜之後——

「……姑且不論像不像新婚夫妻，能夠像這樣兩人一起輕鬆外出的感覺真好呢。」

我這麼說。

「因為如果是在家鄉，我們就沒辦法一起去逛附近的超市了。」

「畢竟在那邊多少還是會在意啊。」

阿巧苦笑著點頭。

我們的交往並沒有那麼地公開。儘管沒有徹底隱瞞，卻依舊會顧忌附近鄰居的目光。

當然，因為阿巧已經成年了，所以我們交往這件事並沒有違法。

可是即便如此……我們依舊不希望過於張揚。

因為像我這樣年過三十的單親媽媽和二十歲的大學生交往，絕對不是一件尋常的事情。

其他人無論如何一定會對我們投以好奇的目光。

當然——我們也知道這件事不可能永遠隱瞞下去。

然而我們還是做出結論，決定現在姑且先避免引人注目。

在來東京之前的那一個星期，我們也幾乎沒有在外面卿卿我我。

就只有一次為了看愛之皇的夏季電影而出去約會……不過因為那裡是當地的電影院，不曉得路上會被誰看見，所以整個約會過程的氣氛有點冷冰冰。

……不過話說回來。

年過三十的女人在大庭廣眾之下和男友卿卿我我，那個畫面恐怕會令人目不忍睹吧。

「啊！阿巧，今天雞蛋好像有特價耶！而且好像每人限購一盒。太好了，我們真幸運。」

「……就是啊。」

正當我興沖沖地準備前往雞蛋區時……

忽然間——我的手。

被緊緊地握住了。

阿巧用他沒有在推購物車的那隻手，握住了我的手。

「咦？」

我吃驚地看著他，卻見到他別開視線，裝作什麼都不知道。

可是，他的手依舊緊握住我的手，不肯鬆開。

「等等……阿巧，不行在這種地方這樣啦。」

「……要是走散就不好了。」

「呃，怎麼可能會走散……這裡人又不多……」

「有什麼關係？反正這裡也沒有認識的人。」

阿巧一派「旅途中的醜態不必在意」的態度。

對啦，在這裡應該是不會遇到認識的人，可是……

「……可是這裡是超市耶？」

說起超市。

如果我們是正在某個遙遠的外地約會也就罷了，居然連在日常感如此強烈的地方也牽手！

「要是連在超市購物也牽手……這樣我們看起來，不就簡直像是一對剛同居的甜蜜情侶了嗎！」

「不是簡直，我們本來就是。」

阿巧冷靜地吐槽。

對、對喔！

我們的的確確是剛同居的情侶！

正處於最甜蜜的時期！

「要是綾子小姐無論如何都不願意，那就算了。」

「我、我是沒有無論如何都不願意啦……」

「那就保持現狀嘍。」

阿巧露出有些得意的笑容，拉著我的手往前走。

感覺自己好像被對方牽著鼻子走，我不禁有些懊惱。好狡猾，真的好狡猾。

說「不願意的話就算了」這種話實在太狡猾了。

因為……

我怎麼可能會不願意呢——

「……原來阿巧你是個高手啊。」

「咦？什麼意思？」

「沒什麼～」

就這樣，我們繼續採買食材和日用品。

即便偶爾會鬆開手，但是只要找到機會就又會把手牽起來。

連買完東西回家的路上，我們的手也是一直緊緊牽著。

……真是甜蜜到讓人覺得好害羞啊。

由於今天是難得的同居第一天，我本來有考慮好好準備一頓豐盛的晚餐……但是因為除了食材之外，我們還買了許多生活必需品，所以回到家時已經很晚了。

於是，我們就以超市的熟食簡單打發晚餐。

之後，我趁著阿巧在洗澡，打了電話給美羽。

因為我想確認家裡的情況，而且我也有事情必須向她報告才行。

『——不會吧！媽媽，妳接下來要跟巧哥一起住嗎？』

聽我說明完現況之後，美羽這麼驚呼。

美羽說不定也和狼森小姐聯合起來，明明知道一切卻故意什麼都不說……我本來還疑神疑鬼地這麼猜測，結果看樣子美羽並不知情。

『……喔～喔～什麼啊，也太有趣了吧。真不愧是狼森小姐，她果然是幹大事的人呢。』

震驚的語氣慢慢轉變成佩服。

『說起來，巧哥也真有一套耶。老實說，其實我之前也有點擔心你們兩人喔？擔心好不容易開始交往的你們，突然變成遠距離戀愛會遇到各種困難，於是就在想身為女兒的我必須設法當個好媒介，努力幫忙維繫你們的感情才行……啊哈哈！結果這下看來是我雞婆了～』

美羽的語氣聽來十分愉悅。

『好好喔～跟男友同居感覺超開心的。』

「……妳講得倒是挺悠哉嘛。」

『為什麼這麼說？難道妳不開心嗎？』

「倒、倒也不是不開心，只是……事情發生得太突然，我完全沒有做好心理準備。」

『媽媽果然還是一個麻煩的大人耶。妳就當成先體驗新婚生活，放寬心盡情享受就好啦。』

「什、什麼新婚……！」

真是的！

阿巧和美羽都一樣，怎麼一下就把話題帶到那邊去啦！

「妳太心急了吧，我們才剛交往而已耶。」

『……不不不，今天如果是大學生情侶同居，說太心急我倒還可以理解，可是媽媽……妳知道自己幾歲了嗎？』

「唔！」

『妳已經3×歲了喔？』

「唔！唔！」

『下個月生日過後，就要滿3×歲了喔？』

「……唔、啊……」

『不要說心急了，以妳的年紀，即使明天結婚也沒問題喔？』

「……真是的！夠了！不要再說我的事情了！」

面對說話再中肯不過的女兒，我非常可恥地做出硬是終止話題的行為。

然後——

「家裡還好嗎？」

我重整心情，這麼問道。

「妳有去學校上課嗎？吃過飯了嗎？」

『我有去學校，也已經吃過晚餐了。妳太操心了啦。』

「有什麼辦法，我就是會擔心啊。」

『家裡還有外婆在，不會有問題啦。』

美羽用傻眼的口氣回答。

我有拜託美羽的外婆——也就是我的母親，在我來東京的這段時間幫忙照顧美羽。

現在那個家裡，是美羽和外婆兩人一起生活。

「……我想順便問一下，妳外婆沒有在附近吧？」

『放心，我現在在我的房間。外婆在樓下看韓劇。』

「這樣啊，太好了。」

我安心地鬆了口氣。

「我姑且提醒妳一句……我和阿巧同居的事情絕對不可以告訴外婆喔，知道嗎？」

『我不會說的啦。這點道理我還明白。』

「那就好。」

『不過，妳打算瞞到什麼時候？這件事妳遲早都得說出來，就只有時間早晚的差別喔？』

「我、我知道啦。我之後會找機會說的。」

我也知道自己只是在拖延……但是現在真的沒辦法。

光是對方是大學生就足以引起大騷動了，更何況我現在又糊裡糊塗地突然和對方同居。

還是先別說吧。

應該還有其他更恰當的時間點才對。

『說到這裡，妳有向巧哥的爸爸、媽媽報告你們交往的事情嗎？』

「……算是有吧。」

就在三天前——

我向朋美小姐報告了和他交往的事情。

因為我從以前就找朋美小姐商量過許多事，當然必須向她報告才行。

就我的立場，我本來也想親自向阿巧的父親報告此事。

『哎呀，不用那麼拘謹啦。又不是要報告你們兩人的婚事。』

結果朋美小姐一派輕鬆地這麼對我說。

所以，我並沒有向阿巧的父母正式打過招呼。

但是……我想他父親應該也已經知道了。

而且似乎沒有表示反對。

因為阿巧家認同他和我交往。

所以我……應該姑且算是家人公認的女朋友吧。

『是喔、是喔。也是啦，畢竟巧哥家本來就認同媽媽了呀。那麼，這次同居的事情……』

「……阿巧好像事前就跟他們解釋也溝通好了。」

『啊哈哈……真不愧是巧哥。』

感覺美羽已經不止佩服，甚至覺得有點傻眼了。

關於這次同居的事情，阿巧聽說已經主動向他的父母說明原由，也已經獲得了許可。

多數家長應該都會反對孩子剛交往就立刻同居……但是左澤家似乎是抱著「與其讓兒子獨自在東京生活，不如和綾子小姐一起住比較安心」的心態。

他們對我極度信任！

話雖如此……我還是得打通電話給他們才行。

雖然這樣感覺像是先斬後奏……不過身為大人、身為社會人士，我還是想向對方的父母針對同居一事打聲招呼。

『所以，巧哥現在在做什麼？』

「阿巧喔，他正在洗澡。」

『喔～洗澡啊。』

美羽稍作停頓之後。

『感覺……好真實喔。』

用聽來有些害臊的語氣接著說。

「妳、妳說真實是什麼意思？」

『哎呀，要怎麼說呢……就是有種「你們真的住在一起了啊」的感覺。』

「……！」

『你們兩人接下來將同居長達三個月。一對剛交往的情侶在同個屋簷下，一日復一日地陪伴著彼此……』

「所、所以呢……？」

『媽媽。』

美羽開口。

以極其嚴肅的口吻。

『小孩的名字可以由我來決定嗎？』

「妳的話題會不會跳太遠？」

突然就扯到命名權？

妳完全跳過中間最重要的步驟耶！

『可是……這種情況是有可能發生的，不是嗎？』

和驚慌失措的我相反，美羽的態度十分冷靜。

要怎麼說呢，感覺她好淡定。

一副已經做好各種心理準備的感覺。

『要是時間配合得好……在三個月後要回來時發現懷孕！我想，這種事情應該不無可能吧。』

「妳在說什麼時間啊？真是的……我們又不是來玩的，怎麼可能會有那種事。」

『話雖如此，可是人家都說孩子是上天賜予的禮物，誰也不知道將來會發生什麼事。兩個年輕人一起生活……啊！抱歉，不是兩個年輕人。』

「不需要突然為了這種事情道歉！這樣被顧慮的人反而會很難受！」

我竭盡全力吐槽。

「總、總之……美羽妳不需要在那邊胡思亂想。因為什麼生小孩的……我們完全還沒有討論到那方面的事情。」

『原來如此，你們現在只想享受甜蜜的兩人時光啊。』

「我又沒有這麼說！」

啊真受不了，晚安！

就這樣。

我強行掛斷了電話。

我明明是因為擔心家裡的狀況才打電話給她，結果回過神來才發現，我們幾乎只聊了我的事情就結束通話了。

美羽真是的。

什麼孩子的……現在提這個未免太早了。

其、其實我也不是不想要小孩……畢竟我跟阿巧的孩子一定會長得非常可愛。而且考慮到我的年齡，也的確應該要早點生比較好，因為聽說年過三十才生第一胎會很辛苦——等等，不對。

我就說現在提這個太心急了啦！

明明連結婚都八字還沒有一撇，就開始想生小孩的事。

再說。

我們也還沒做過會有小孩的行為——

「——綾子小姐。」

「呀啊！」

正當我抱頭苦思時，突如其來的說話聲害我嚇到整個人跳起來。

「妳、妳怎麼了……？」

「阿巧……沒、沒事！什麼事也沒有！」

我邊打馬虎眼邊轉身——結果不禁倒吸一口氣。

見到他的那瞬間，我的心跳頓時猛然加速。

「抱歉我先洗了。」

「沒、沒關係啦，況且是我說想打電話才要你先洗的……」

我無法好好地正視對方的臉。

剛洗好澡的阿巧——理所當然就是一副剛洗好澡的模樣。

頭髮還有點濕，臉頰微微泛紅。

身上則是穿著睡衣。

他明明不是光著身子出來……我卻不知為何好在意。

在意他的存在、他的肉體——

「……！」

啊，真是的！

都怪美羽說了奇怪的話！

什麼懷孕、生小孩……都是因為她提起奇怪的話題……才會害我的腦袋進入那種模式，用那種眼光去看阿巧……嗚嗚～～！

「那、那我去洗澡嘍！」

急忙準備好衣服和浴巾後，我逃也似的衝出客廳，前往浴室。

但是。

就算現在逃進浴室裡——之後恐怕也是無處可逃。

今天聽阿巧說完之後，我的腦袋深處就一直在想。

同居。

意思就是住在一起。

在同個屋簷下——情侶二人同寢共食。

所以，今晚我將和阿巧在同個房間睡覺。

我沒有幼稚到不明白這代表什麼意思。

畢竟，我已經是有一兩個小孩也不奇怪的年紀了。

來東京之前的親熱一星期。

我們抱著要將無法見面的時間彌補回來的心情，度過了一段濃情蜜意的時光

——可是，我們唯獨沒有跨越最後的界線。

並不是因為有什麼特殊的理由。

就只是一直沒有那種氣氛。

因為……雖說是親熱，大部分也都是白天阿巧來我家，然後兩人一起在家裡度過而已。

大白天就做那種事情……感覺也怪怪的，對吧？

我們雖然有出去約會過一次，但也只是看完愛之皇的電影就回家了。上午出發、晚餐前回家，約會行程簡直跟國中生沒兩樣。

所以……

我們的關係至今依舊清白——

「讓、讓你久等了……」

洗完澡、吹乾頭髮後，我回到客廳。

原本坐在沙發上的阿巧一見到我，整張臉隨即微微泛紅。

「怎麼了？」

「沒什麼，我只是……覺得妳穿睡衣的樣子很迷人。」

「……！」

阿巧還是一樣明明很害羞，卻會非常直接地稱讚我。

「真、真是的，不要嘲笑我啦！」

「我沒有在嘲笑妳啊。我是真的覺得妳既漂亮又可愛。」

「～～～！」

受到阿巧的大力稱讚，我難為情到一句話也說不出來。

啊……唔……

我穿睡衣的樣子真的很可愛嗎？

可是這件睡衣已經在家穿很久，很舊了耶。早知道會和阿巧同居，我就去買一套可愛的新睡衣了！

不只是睡衣。

要是事前知情……就連內衣我也能準備漂亮一點的款式。

啊～怎麼辦……因為我完全以為自己是一個人生活，所以只帶了平常穿的樸素內衣來。

虧我家裡明明有！枉費我自從在意起和阿巧的關係之後，就偷偷為重要時刻添購了戰鬥內衣……！

「呃……怎麼辦？要看電視嗎？」

正當我獨自懊惱時，阿巧一臉不知所措地開口。

「也、也好，我們來看電視吧。」

點頭後，我坐在沙發上。

和阿巧保持大約一人份的距離。

雖然在親熱一星期時，我們彼此有過很親密的肢體接觸……但是今天不行。

我沒辦法再靠他更近了。

因為……我們雙方都穿著睡衣啊。

是待會就要睡覺的裝扮。

要我在這種狀態下不去在意對方，我辦不到……！

電視螢幕上正在播放十點多的連續劇，可是劇情內容完全沒有進入到我的腦中。我的腦袋……正忙著進行各式各樣的妄想。

沒、沒事的沒事的！

到了關鍵時刻，一切想必會船到橋頭自然直……！

況且，我也已經在浴室裡姑且做了諸多準備。

內衣的話……只要請阿巧把房間弄暗，應該就看不見了。至於那個……我身上雖然沒有，不過個性認真的阿巧應該有準備。

嗯，沒錯、沒錯。

根本不需要把事情想得那麼困難嘛。

這又不是什麼奇怪的事情，也不是什麼壞事。

任誰都會這麼做。

就連我也是這樣出生的。

再說……如果是高中生就另當別論了，但是年過三十的成熟女人，不可能會在一切準備得如此周全的狀況下拒絕求愛——

「——子小姐。綾子小姐！」

「……咦？咦？什、什麼……？」

赫然抬頭，只見阿巧憂心忡忡地望著我。

「連續劇已經演完了。」

「咦……啊，真的耶。」

「妳沒事吧？妳剛才好像一直在發呆。」

「沒、沒事沒事！啊哈哈，我可能是有點累了吧～畢竟今天一整天都兵荒馬亂的。」

「啊，說的也是。」

阿巧苦笑著說，之後隨即從沙發上站起來。

「那麼，雖然時間有點早，我們還是去睡覺吧。」

瞬間——怦通一聲。

我的心猛然跳動。

「也、也對，我們去睡覺吧。」

「畢竟綾子小姐明天就要開始工作了，還是不要太晚睡比較好。」

不要太晚睡比較好……？

也就是說，要早點開始、早點結束，以確保有充分的睡眠時間了！

阿、阿巧做事真是太有計畫了！

「而且我在綾子小姐洗澡的時候，已經先把床都準備好了。」

床已經準備好了……？

果然很有計畫性！

看來……阿巧幹勁十足啊！

不顧在興奮與緊張之下就快過熱的我，阿巧一派從容地打開臥室的門。

在房間裡的是一張單人床。

以及——被子。

床旁邊的地板上鋪了一組被子。

因為先前整理行李時有確認過臥室的狀況，所以我知道房裡本來就有一張床。

可是……為什麼床的旁邊會鋪著被子呢？

我還以為我們要一起在床上睡覺……

嗯？

呃……是因為那樣嗎？

因為阿巧是完事後想要分開睡的類型？

「……綾子小姐。」

阿巧對呆站在房門前的我說。

「妳在──警戒對吧？」

「警、警戒？」

聽到我這麼反問，他用困窘的表情接著說。

「妳在想……我今天會不會要求發生關係，對不對？」

「──！我、我才沒有那麼想……」

「…………」

「什麼警戒的，我……也、也不是沒有……呃，那個……嗯，我好像真的稍微有在警戒……」

我原本反射性地想要辯解，但最終還是屈服在他的定睛注視下，老實地承認了。

就算找藉口辯解也沒用。

他的眼神是那麼深沉又平靜，彷彿看透了我的內心。

「果然如此。因為妳從剛才開始，行為舉止就顯得很可疑。」

「抱、抱歉……但是，我並不是不願意喔！我只是，那個……因、因為緊張的關係。」

「妳放心。」

阿巧對支支吾吾的我說。

臉上還帶著淡淡的笑容。

「我今天沒有打算要做。」

「咦……」

「當然，我並不是不想做……只是，我不喜歡馬虎行事的感覺。」

「馬虎行事……」

「一對情侶住在一起，做那種事情或許是理所當然很正常的事……可是，這次的同居有點不太尋常。」

「…………」

「這不是我們兩人討論後做出的決定，而是我對綾子小姐先斬後奏。所以……我覺得不應該利用這樣的氣氛和情境要求和妳發生關係。」

「阿巧……」

「我希望盡可能讓這件事成為妳我之間美好的回憶，所以我會耐心等待，直到綾子小姐做好心理準備為止。」

阿巧直視著我的眼睛，臉上泛起溫柔的微笑。

無比溫暖的言語和心意，彷彿將我全身團團圍繞。

胸口感覺逐漸被一股暖意所充滿。原本因為胡思亂想而陷入恐慌的心，也漸漸被溫柔地平復下來。

「……嗯，謝謝你，阿巧。」

之後，我們便用各自的寢具準備就寢。

阿巧睡地上，我睡床。

「綾子小姐，妳是全暗派？還是開小燈派？」

「我是開小燈派耶。」

「我也是。聽說開燈睡覺會讓睡眠品質提升喔。」

一邊交談，阿巧一邊把燈光調到最弱。

在昏暗的房間裡，我們各自鑽進自己的被窩。

「那麼晚安了，綾子小姐。」

「晚安，阿巧。」

互道晚安之後，我閉上雙眼。

但是……

我遲遲無法入睡。

明天早上我就要去上班了。因為是來東京的第一個上班日，所以我絕對不能遲到。況且下午開始又有很重要的會議，因此今晚我得好好養精蓄銳才行。

然而——我卻遲遲無法入眠。

各種思緒在我腦中不停盤旋。

阿巧的心意、體貼，讓我既開心又感動。

聽到他說今天沒有打算要做，坦白說我鬆了口氣。

我絕對不是不想跟他做……只是我沒有那方面的經驗，所以不由得會感到害怕與不安。

因此，我無論如何都會產生警戒的情緒——而阿巧察覺到我的心情，並體貼地替我解套。

他真的好溫柔。

不僅非常珍惜我，

也非常認真地在替我們的關係著想。

重新體認到他的溫柔與真誠，我感覺自己又更加喜歡他了。

「…………」

然而……是為什麼呢？

明明幸福感在心中擴散蔓延——我卻感覺到一絲，僅有一絲絲椎心的寂寞。

第四章
工作與嫉妒

♥

一覺醒來——我發現自己躺在裸體的阿巧懷中。

「……咦？呃……咦、咦咦咦咦咦？」

在昏沉的腦袋理解到眼前狀況的瞬間，我立刻尖叫著跳起來。

我揉揉眼睛，重新定睛一瞧。

嗯……果然沒有看錯。

寬闊的肩膀，厚實的胸膛，以及微微切割成六塊的腹肌。

露在棉被外面的男人上半身——整個光溜溜的。感覺只要棉被稍微移動，連重點部位都會全部出來見客。

裸體的阿巧正睡在我旁邊。

應該說……我們好像直到剛才都睡在一起。

「怎怎、怎麼會？為什麼我們兩個會一起睡在床上……為什麼阿巧會是裸體……等等，咦咦？我、我也沒穿衣服？」

由於我被露在棉被外的阿巧的裸體奪去了目光，所以很晚才發現自己居然也光溜溜的。

一絲不掛！

什麼都沒穿！

徹底全裸！

我和阿巧兩人都赤身裸體——

「這、這究竟是怎麼回事……？」

「……嗯，綾子小姐……？」

正當我陷入大混亂時，原本在睡覺的阿巧醒了。

因為他光著身子坐起來，於是整個上半身都裸露出來。

我反射性地用棉被遮住胸部。

「妳醒了啊，早安。」

「早、早安……重點不是這個！這是怎麼回事？現在到底是什麼狀況？」

「什麼意思？」

「為、為為、為什麼我們會睡在一起？而且還……沒、沒穿衣服。」

「妳不記得了嗎？」

阿巧冷靜地對慌張的我說。

「昨晚後來……我們不知不覺就發生關係了。」

「不知不覺就發生關係？」

不會吧？

我們明明在那種氣氛下互道晚安耶？

這麼一來，那睡前的對話算什麼？

都說了那些話，結果卻還是「不知不覺」做了那檔事？

「綾子小姐昨晚非常可愛喔。」

「……！」

「妳一開始雖然滿臉通紅、非常羞澀的模樣，不過一旦開始之後就變得很熱情……最後甚至還自己主動——」

「真、真的嗎？我真的有那麼……」

就在我還搞不清楚狀況的時候——突然間。

阿巧緊緊抱住了我。

全裸的他，抱住了全裸的我。

在身體各部位緊密貼合之下，情況開始變得一發不可收拾——

「咦？咦、咦咦咦咦咦？」

「……對不起。看著綾子小姐，我實在按捺不住自己內心的渴望。」

「等、等一下……不、不行啦，阿巧！因為……我今天要工作，不能一大早就——嗯！我、我就說不可以了……」

無視我的抵抗，他的手開始溫柔地四處撫摸我的肌膚。落在頸上的吻令我感到一陣酥麻，全身頓時變得毫無抵抗之力。不久，他將大而骨感的手伸向我的身體——

就在這時——我醒來了。

強烈的羞恥和自我厭惡感讓我好想死。

「～～～！」

我、我在作什麼離譜的夢啊！

好丟臉！

丟臉到極點了！

居然作這種色色的夢……好、好像我很欲求不滿一樣！

然後。

最重要的是……整個夢境都朦朦朧朧的這一點，讓人感覺超丟臉！

明明作了春夢，細節卻超級模糊不清。

完全沒有描述關鍵情節。

露骨的部分被整個卡掉。

簡直就像少年漫畫一樣。

可、可是有什麼辦法嘛！

誰教我沒有做過！

誰教我沒有看過！

更別說是看過阿巧那裡……不對，嚴格來說我是有看過。

因為我以前曾經跟他一起洗澡！

可是……當時我看到的樣子是好比可愛的小花苞，而如今的阿巧肯定已經變得有男子氣概許多——

「不對不對，我、我在妄想什麼啊，真是的！」

我左右搖頭，對自己吐槽。

「……沒錯，什麼事也沒發生。應該說，怎麼可能會發生什麼事呢？我們可是分別睡在不同的床上——」

「……嗯，綾子小姐……？」

正當我一人在床上喃喃自語，忙著擺脫腦袋裡的生動畫面時，在地板上的被窩裡睡覺的阿巧醒來了。

他緩緩地坐起上半身。

雖然我瞬間緊張了一下，不過他身上理所當然穿著睡衣。

並沒有光著身子。

「啊！抱歉，阿巧，我吵醒你了？」

「沒關係……反正時間正好。」

阿巧拿起枕邊的手機確認，一面說。

我也確認了手機，現在的時間是早上六點五十分。

由於我設定的鬧鐘時間是七點，真要說的話，這個時候醒來的確算是剛剛好。

「抱歉喔，因為我作了奇怪的夢……」

「奇怪的夢……？」

「……啊！」

「看妳好像很著急的樣子，是作了什麼樣的夢呢？」

「沒、沒什麼，真的沒什麼！那完全不是什麼大不了的夢……我、我已經忘記內容是什麼了耶～忘得一乾二淨呢～」

我一邊拚命打馬虎眼，一邊急忙跳下床。

梳洗打扮好之後，我們兩人一起準備早餐。

吐司、荷包蛋、優格……菜色非常簡單。

我們面對面地坐在餐桌旁，開始一起享用餐點。

這是我們同居生活的第一頓早餐。

「阿巧，你的荷包蛋要淋醬油對吧？」

「是的。綾子小姐應該也是吧？」

「嗯。」

我輪流替荷包蛋淋上醬油。

我們雖然才剛交往不久，不過彼此已經認識了很長的時間。

因為一起用餐過好多次，所以對於彼此的喜好和興趣嗜好都有一定程度的了解。

但是——

此時此刻用餐的感覺，卻和往常截然不同。

「感覺……好新鮮喔。沒想到我居然會像這樣和阿巧一起吃早餐。」

「就是啊。我們雖然一起吃過很多次早餐，不過每次大致都會有美羽在。」

「這是我們第一次單獨吃早餐呢。」

聽我這麼說，阿巧點頭回應。

「情侶之間的早餐……或許比較特別喔。」

「特別？」

「如果是午餐或晚餐，即便是兩人剛交往通常也會一起吃。甚至就算不是情侶，也能很正常地一起用餐。但是早餐的話……除了家人外，就很少會跟別人一起吃了。即使是情侶，也只有當彼此關係相當親密了才能夠共進早餐……」

「……好像真的是這樣耶。」

我深深點頭，表示贊同。

「因為一起吃早餐這件事代表兩人共度了一晚。而既然情侶一起過夜，那就

表示——……！」

儘管我中途便閉上了嘴，卻也已經太遲了。

阿巧早已滿臉通紅……然後我想，此刻的我大概也是面紅耳赤吧。

「……對不起，我不該一早就說這種奇怪的話。」

「沒、沒關係！我才應該要道歉……」

糟糕……

枉費阿巧那麼巧妙地用曖昧又浪漫的方式來形容，結果我卻露骨又低俗地把話講得這麼白……

儘管氣氛變得有些尷尬……

我們依舊盡情享用了交往後第一頓有些特別的早餐。

因為很早起床，原以為可以悠悠哉哉地不必慌張，結果最後還是差點來不及出門。這種常見的情況也發生在我身上了。

慘了、慘了。

第一天就遲到非常不妙啊。

虧我還因為今天是第一次從這間公寓去公司，為避免路線不熟，本來打算要早點出門的……

在盥洗室換好套裝、化好妝之後，我來到廚房。

好像是剛洗完碗的樣子，只見阿巧正在擦手。

「阿巧，真抱歉把碗交給你洗。」

「請不要放在心上。反正我今天沒事，做這點事情是應該的。」

阿巧笑著回答。

聽說實習是從明天開始。

「我會盡可能完成家事和整理行李。另外，我也會去把不夠的東西買回來，所以妳要是有東西想買再通知我。」

「謝謝你，你真是幫了好大的忙。」

我小跑步來到玄關，穿上跟鞋。

阿巧也來送我出門。

「那麼，我出門了。」

「路上小心。」

「……呵呵！」

我忍不住笑了出來。

「怎麼了？」

「因為感覺好奇妙喔。我沒想到有一天，會聽到阿巧對我說『路上小心』送我出門。」

「感覺真的是有點奇怪耶。」

阿巧也點頭笑道。

真的——感覺好怪。

不過，之後我們應該就會漸漸習慣這種狀況吧。

等到同住三個月之後——又或者，有一天真的一起生活了。

這種教人莫名感到不自在的狀況，就會變成極其平凡的日常——

「……那個，綾子小姐。」

原本笑咪咪的阿巧突然變得一臉嚴肅。

「請問……我們現在可以做像是同居情侶早上會做的事情嗎？」

「早上會做的事情……？」

我不解地問，不過稍作思索後很快就想到了。

「難、難道是——」

「那個，要怎麼說呢，就是出門前的親吻……」

儘管阿巧的音量愈來愈小，我還是有清楚聽見重點。

我的臉頓時猶如著火般發熱。

「呃，啊……阿巧，原、原來你是會想要那麼做的類型啊？」

「如果要說我想不想那麼做……這個嘛，我當然是想了。」

「是、是喔……原來如此……原來你想要那麼做啊……」

「綾子小姐會排斥嗎？」

「是、是不會排斥啦……」

「既然如此……」

「等、等一下！等等、等等！可是這樣……會、不會太害羞了？感覺簡直就像一對超恩愛的情侶……被愛沖昏頭似的。」

「就算被沖昏頭也沒關係啊。」

反正又沒有人在看。

阿巧這麼說。

接著他便抓住我的肩膀，緩緩地將臉往我靠近。

雖然覺得有些強硬，不過我也沒什麼好抱怨的……我就這麼毫無抵抗，靜靜地閉上雙眼。

不久——嘴唇和嘴唇相觸。

這並不是我們第一次接吻。

我們的初吻是出於我的失控，之後在昨天為止的親熱一星期內，我們也親吻過好幾次。

不過，我到現在還是完全無法習慣。

每次心跳都劇烈得令人難以置信，充斥胸口的甜美感受更是讓我全身彷彿都要融化——

「…………」

親吻結束後一對到眼，兩人隨即就不由得將視線移開。

「……果然有點害羞耶。有種『我一大早在做什麼啊』的感覺。」

「所、所以我才說啊……！」

「哈哈，對不起。」

輕輕一笑之後，阿巧再次直視著我。

「路上小心。」

「……嗯，我出門了。」

打完招呼，這次我總算踏出玄關。

整張臉好燙。

嘴唇上還殘留著方才的觸感，腦袋也感覺恍恍惚惚的。

唉……

一早就如此幸福，我今天真的有辦法好好工作嗎？

我的思考迴路因為一早的親熱而進入到飄飄然模式——然而之後的客滿電車，卻將我的腦袋一口氣切換成社畜模式。

好難受……

客滿電車讓人好難受……

無論是物理上還是精神上都好難受。

對於平時出門大多開車，生活中幾乎不會搭乘電車的東北縣民而言，東京的客滿電車真的讓人覺得好痛苦。

不過話雖如此，由於這個時間已經過了通勤的尖峰時段，因此並沒有擠到身體會被人推來擠去。要是這點程度就抱怨，我可能會被每天搭乘「貨真價實」的客滿電車通勤的上班族們嘲笑吧……但是，我還是一樣覺得好痛苦。

從幸福的目送出門，歷經地獄般的電車通勤之後，我抵達了公司。

「燈船」股份有限公司。

我們公司的辦公室位於住商混合大樓的五樓。

雖然至今已經來過好幾次，不過我還是第一次像這樣早上就來公司上班。

接下來三個月，我可能每天都要過這樣的日子吧。

「……加油。」

重新下定決心，我舉步踏入大樓。

好了，要開始工作了。

首先要做的是——四處寒暄。由於從今天起我將在新環境工作，這方面的功夫得好好做足才行。

我向面熟的人打招呼，也對初次見面的人打招呼，另外也向只在線上會議見過但沒有實際碰過面的人寒暄問候。

上午就在我的四處寒暄中轉眼結束了。

正當我準備外出用午餐時——

「——嗨，歌枕。」

和這個時候才來上班的狼森小姐碰個正著。

話雖如此，但其實我們公司的上班時間非常彈性，要什麼時候來公司是個人的自由。而在公司這股自由的風氣之中，上班上得最隨心所欲的就是社長本人。

「妳現在要去吃午餐啊？」

「是的。」

「太好了，那我們一起去吧。」

「如果妳要請客，那我非常樂意。」

她當下就決定要和我一起共進午餐。

……雖然這個人才剛來上班就馬上去吃午餐這一點令人費解，不過既然她願意請客，我也就不多嘴了。

「怎麼樣，情況如何？」

搭乘電梯前往一樓的途中，狼森小姐突然這麼問我。

「我還沒有真正開始工作，所以沒什麼感想。今天上午我就只有和大家打聲招呼而已。」

「不是那個——我是問妳跟左澤的恩愛同居生活怎麼樣了啦。」

我聽了差點摔跤。

狼森小姐用愉悅至極的眼神注視著我。

「請妳務必分享一下，妳和年輕男友共度一晚的感想。畢竟即便是我，也沒有和年齡相差超過十歲的男人共度春宵的經驗。」

「什麼事也沒發生！就、就只是很普通的一個晚上啦！」

「少來了，剛交往的情侶在同個屋子裡共度一夜，怎麼可能會什麼事也沒發生。」

「我什麼都不知道。即便真的有發生什麼事，我也不會告訴狼森小姐。」

「哼嗯～對屋主這種態度真的好嗎？」

「就算妳是屋主，也沒有權力打探他人的隱私。」

「喔～好吧，算了，反正這方面的話題好像也不適合在大白天聊。改天我再一邊喝酒，一邊慢慢地追根究柢吧。」

聽到她說這種嚇人的話，我頓時感到背脊發寒。

電梯抵達一樓的瞬間，我立刻逃也似的快步走出車廂。

狼森小姐也笑著跟過來。

「對了，左澤現在在做什麼？」

「他在家啦。他今天好像會幫忙做家事、買東西之類的。」

「是喔，這個男人還挺好用的嘛。我看下次請他來我家好了。」

「不行，阿巧又不是家事服務員。」

「偶爾把他借給我有什麼關係？最近我實在好懶得自己打掃和洗衣服。」

「不行就是不行。真是的……狼森小姐妳——」

就在我打算對過分不注重隱私的上司說教一番時，忽然感覺到有些不對勁。

打掃和……洗衣服？

阿巧今天會一個人在家裡做家事，這也就表示——

「……啊！」

察覺大事不妙，我尖聲怪叫著停下腳步。

然後不顧神情錯愕的狼森小姐，兀自急忙拿出手機。

『喂？怎麼了，綾子小姐？』

「阿、阿巧？你現在人在哪裡？」

『在哪裡……我在家啊。我已經大致把家事都做完了，現在正準備出去買午餐順便購物。』

「大、大致做完……這麼說來，衣服也已經洗好了？」

『是的，我剛才已經把衣服都晾好了。』

聽到他回答得這麼乾脆，我感覺自己的臉頰不住抽搐。

『因為今天天氣很好，所以我想早點晾衣服。』

「那個……阿巧？你願意幫忙洗衣服這一點，我真的覺得很開心，也很感謝你——不過，我、我的內衣褲怎麼樣了？」

『這、這個嘛……』

電話那一頭傳來顯然聽似困窘的聲音。

經過幾秒鐘的沉默之後。

『呃……我洗了。』

阿巧這麼說。

我……差點癱坐在地。

完了。

徹底完了。

我太晚發現了。

我昨天穿了一整天的內衣褲——洗完澡之後就這麼一直擱在髒衣籃裡。當時，我滿腦子都在想同居初夜的事情，根本無暇思考之後衣服會是誰來洗。

怎、怎麼辦？

我居然讓阿巧洗我的內衣褲。

既然他已經洗了，就表示……我昨天穿了一整天的胸罩和內褲，全都被他看光光也觸碰過了——

『對、對不起！其實我本來很猶豫……不曉得該不該擅自幫忙洗。可是我又覺得如果只洗其他衣服、唯獨避開內衣褲，這樣好像會太刻意，反而給人一種不舒服的感覺……』

「…………」

『我、我絕對沒有做奇怪的事情喔！我有盡可能不去看，也有避免做出不必要的接觸！就連洗滌方式我也有根據查到的資料，確實放進洗衣袋中避免變形，而且晾的時候也有注意不讓人從外面看見……』

「……嗯，沒、沒關係。」

儘管我努力假裝平靜，事實上精神卻受到相當大的打擊。

我明明光是內衣褲被他看見就會感到害羞，結果如今居然被他洗了。

對此我是既害羞又內疚，心情十分複雜……

「抱歉讓你洗我的內衣褲，你一定覺得很委屈吧？」

『怎麼會……！我怎麼可能會覺得委屈呢！如果是綾子小姐的內衣褲，我非常樂意每天幫妳洗喔！』

「…………」

呃。

這是什麼意思？

……嗯。嗯嗯，一定沒有什麼特別的意思啦。我想應該就只是他身為同居中的男友，願意幫另一半洗內衣褲而已。

「……唉。」

講完電話，我疲憊地嘆了口氣。

「呵呵！看來妳很享受新鮮刺激的同居生活嘛。」

結果一旁的狼森小姐立刻這麼挖苦我。

「好懷念喔～為了區區內衣褲感到害羞這種事情，對我來說已經是好久以前的事了。」

「……請妳別來管我。」

儘管我冷淡地回嘴，狼森小姐依舊是笑容滿面。

「見到妳如此享受又喜又羞的同居生活，這真是再好不過了——不過，我勸妳是時候切換腦袋的頻道了喔。」

忽然間，她語氣一沉。

像在叮囑，又好似挑釁一般地說。

「因為午餐過後——就要正式開始『讀劇本』了。」

「……是。」

我靜靜地點頭。

原本因難為情而放鬆的腦袋，感覺一下子整個繃緊了。

沒錯。

今天午休時間一結束就將展開動畫會議。

而我正是為了那份工作，才千里迢迢來到東京的。

《好想成為你的青梅竹馬》。

簡稱——《青梅竹馬》。

我所負責的作家，白土白士老師正在出版發行的輕小說。

類別是愛情喜劇。

目前已出版到第五集。

自開賣之初就大受歡迎，現在也已經正在推行動畫化的企畫案。

雖然還要好一段時間才會向大眾發表動畫化的消息，不過動畫這種東西往往都是在公布消息的幾年前，就開始在檯面下推行企畫了。

我之所以會隻身來到東京工作……應該說是雙人赴任，正是為了以責任編輯的身分，全力參與《青梅竹馬》的動畫製作。

今天的工作是所謂的——「讀劇本」。

監督、編劇、製作人、導演、出版社的編輯和版權專員……以及其他諸多動畫相關人士齊聚一堂，針對已經完成的劇本互相討論。

在業界，這樣的會議稱為「讀劇本」。

一旦決定動畫化並正式開始推動企畫案之後，幾乎每週都會「讀劇本」。

簡單來說……這是一件非常重要的大事。

是會大大左右動畫品質的超重要會議。

以這次將原作輕小說翻拍成動畫的情況來說，在「讀劇本」時，身為責任編輯的我的角色是——出版社的代表，以及作者的代言人。

原作者白土老師因為住在地方都市，無法每週都來參加會議。

因此我必須以原作方的代表身分，代替她發言。

提出各式各樣的點子，或是反過來斟酌推敲他人提出的想法。

然後有時也得——和動畫方的人作戰。

為了讓動畫這個大企畫案成功，各業界的代表會聚集在一起，吵吵嚷嚷地提出各自的意見。

立場各異的人們高舉著各自的正義，時而爭執、時而靠近，竭盡所能地找出沒有正確解答的答案。

因此，「讀劇本」才會如此火熱、激昂、充實而有價值，讓人深切感受到自己正為了工作而努力著——然而……卻也非常累人。

「……我、我回來了～」

時間是晚上七點多——

我終於拖著疲勞困頓的身軀回到家。

「歡迎回來。妳、妳還好嗎？」

「嗯……勉強還可以。」

我一邊回應神情擔憂地出來迎接的阿巧，一邊脫掉鞋子進到屋內。

「讀劇本」是從下午兩點開始。

當初原本是預計大約兩小時就會結束……結果回過神才發現整整延長了兩小時。

會議毫不中斷地一直持續到晚上六點。

因為是第一次開會，今天應該只是大家稍微碰個面、打聲招呼……我原本是這麼預期的。結果會議一開始，大家就熱烈地認真討論起來。

我身為原作方的代表，是整場會議的中心人物，因此這四小時始終不停動腦、說個沒完。

好累。

總之一句話就是……好累。

「抱歉這麼晚才回來……你肚子餓了吧？我現在馬上就去做飯。」

「我已經做好晚餐了喔。」

「……咦？」

這時我重新注視阿巧，才總算注意到一件事。

他身上穿著圍裙。

來到客廳——桌上已經擺好了料理。

培根蛋黃義大利麵，以及加了豆腐的蔬菜沙拉。

好像是因為我在搭電車之前有告訴他我何時會到家，於是他配合我到家的時間做好了晚餐。

「好厲害，晚餐已經做好了……！」

我感動到渾身顫抖。

這未免太棒了吧。

工作完疲倦地回到家之後，晚餐居然已經做好了……！

「洗澡水也已經加熱好了，妳要先洗嗎？」

竟然連洗澡水都準備好了？

「呃，那個……還是先吃飯好了。」

「知道了，那我去盛湯。」

說完，阿巧便回到廚房，開始準備湯。

「……抱歉喔，我把什麼事情都交給你做。」

「妳在胡說什麼啊？我今天一整天都有空，做這點事情是應該的。」

阿巧一手拿著勺子這麼說。

「再說，我本來就想要在東京好好支援綾子小姐。」

「支援……」

「雖然說我還要實習，可是我既不需要加班，假日也不用工作。因為時間上絕對是我比較有空，所以為了盡可能讓綾子小姐專心工作，無論家事還是雜務我都會幫忙做的。」

「阿巧……」

如此優秀又溫柔的男友，讓我差點感動落淚。

將套裝換成家居服後，我們兩人開始共進晚餐。

「嗯！這個培根蛋黃義大利麵好好吃！」

吃下第一口的瞬間，我忍不住發出感動的讚嘆。

「真的嗎？」

「嗯，超級好吃。做這個很辛苦吧？」

「一點都不會喔。這是我在社群網路上找到的簡單食譜，只要看著影片就能做出來。」

「阿巧，你真的好厲害喔。不管是家事還是料理，你什麼都能獨自完成，一點都不像住在老家的大學生呢。」

「妳太誇獎了啦，這點小事明明就很普通啊。真要說起來，綾子小姐才是厲害多了，因為妳無論家事還是料理都做得比我好。」

「咦、咦咦？我才不厲害哩，那樣很普通啦。」

我們彼此誇獎、互相謙虛。

享用完阿巧親手做的料理，也洗好碗盤之後——

「工作果然很辛苦嗎？」

當我們兩人坐在沙發上休息時，阿巧擔心地這麼詢問。

「啊……是啊，今天確實有些累人。」

我曖昧地笑著回答。

「因為今天有『讀劇本』……呃，就是針對動畫的劇本互相討論的會議，結果大家非常激烈地討論了好久……」

「意思是起了爭執嗎？」

「起爭執……我也不知道那樣算不算起爭執耶。因為大家雖然都沒有『讓動畫失敗』的想法，但畢竟還是有著各自的立場。」

無論是動畫方、出版社，還是原作者，每一方心中都有其所認定的正義和理念。

沒有誰才是正確的，而是所有人都正確。

正因為如此，透過「讀劇本」來磨合、調整眾人的意見非常重要。

「我以前聽人家說覺得有很有趣，所以一直很想參與看看……結果，聽人家說和自己親身去做果然差很多呢……而且後天又有不同於『讀劇本』，所有人針對銷售戰略進行討論的『宣傳會議』要開……」

直到實際參與了才真正明白，我的責任比想像中還要重大。

假如我還待在東北，恐怕真的無法勝任這個職位吧。

「感覺好辛苦喔……」

「嗯……啊，不過當然也有許多好玩的事情啦。因為不同的意見彼此碰撞，也能激盪出光憑自己絕對想不到的點子來。」

心想這樣下去會變成只是在發牢騷，於是我趕緊補上正面的說詞。畢竟要是只對即將開始實習的阿巧敘述工作辛苦的部分，這樣感覺也挺不好意思的。

「這次主要幫忙撰寫劇本的，是一位名叫杉澤壽的資深編劇。我從以前就很喜歡這位編劇，所以能夠和他一起工作讓我非常開心。」

「是喔～」

「今天是我們第一次面對面交談，我發現他人真的很好耶。他明明擁有那麼多傲人的實績，為人卻非常謙虛又親切。而且這次的劇本，他也在充分突顯原作魅力的同時，一邊利用動畫特有的呈現方式加入絕妙的更動……讓我真是愈來愈欣賞他了。」

「……這樣啊。」

我熱烈地講述編劇的魅力，阿巧卻沒什麼反應。

他一開始明明聽得津津有味，可是之後表情就慢慢凝重起來。

奇怪？他是怎麼了？

難道他對我們業界的話題不感興趣？

「那位名叫杉澤的編劇……是男性嗎？」

「咦？是、是啊沒錯，他的本名好像就叫做杉澤壽。」

聽了我的回答，阿巧的表情又更凝重了。

一副像在嘔氣，又像在鬧情緒的表情。

嗯？

為什麼阿巧要這麼在意杉澤先生的性別？難道他是會因為編劇或作家的性別而心生偏見的那種宅男嗎？

若非如此，他實在沒道理要在意杉澤先生的——

「……啊！該、該不會——」

忽然間一個念頭閃過，我忍不住將猜測脫口而出。

「阿巧你——是在嫉妒吧？」

「……！」

阿巧的身體頓時變得僵硬，臉上也露出難為情的表情。

「我、我沒有嫉妒啊……只是因為綾子小姐一直誇獎那個人，讓我感覺很沒意思而已……」

「……那樣一般不就是稱作嫉妒嗎？」

看來果然是嫉妒了。

因為我稱讚其他男人，於是他稍微鬧起了彆扭。

唔哇。

怎麼辦？有人為了我心生妒意耶……！

喔～這種飄飄然的心情是怎麼回事？

這麼說雖然可能很過分——不過我有點開心。

而且——

因為嫉妒而鬧彆扭的阿巧……有點可愛。

「……真是的，你這個傻瓜。」

我輕輕一笑，坐在沙發上伸出手。

溫柔地握住阿巧的手。

「我只是把杉澤先生當成一位編劇在尊敬他，完全沒有把他當成男人看待。況且……杉澤先生也已經結婚了。」

「咦？是、是這樣嗎？」

「嗯，他還有三個小孩喔。」

為了讓阿巧放心，我又接著說下去。

「再說，杉澤先生是相當資深的前輩，年紀比我大十歲左右，我根本不可能把他當成戀愛對象嘛。」

「原來他比妳年長很多啊。」

「畢竟差了十歲就根本是不同世代了，我怎麼可能會喜歡上那種人呢？」

「說的也是喔。既然年齡差距如此懸殊，話題和價值觀恐怕都會不合吧。」

「沒錯、沒錯。就算真的交往了，也一定不會順利啦。」

「感覺會遇到很多困難呢。」

「嗯，很難、很難——……」

「…………」

「…………」

我們兩人在同個時間點，感受到深深的絕望。

我和阿巧似乎同時察覺到了。

察覺到原本想將嫉妒一笑置之的我們……竟以慘烈的自虐瘋狂攻擊自己。

慘了。

我們的年紀也一樣差了超過十歲！

這是一場完全不同世代，話題和價值觀都不合的年齡差戀愛！

啊，搞砸了……我居然說出「就算真的交往也不會順利」、「很困難」這種話。這是什麼特大號的迴力鏢啊……

「……不會有問題的啦。」

阿巧對心情沮喪的我說。

一邊溫柔地回握住我的手。

「我們一定可以順利交往下去的。十歲的年齡差距不過是小事情罷了。」

「……嗯，你說的對。」

他的話深深地滲入我心中。

如果是別人對我說「年齡差距不過是小事情」，我恐怕不會認同這番話，只會認為對方是抱著事不關己的心態在隨便替我加油吧。

但是……

這番話若是出自阿巧之口，那麼我就能夠相信。

因為他一定比誰都還要認真思考過和我之間的「年齡差距」。

他為了十歲這道隔閡，持續煩惱了整整十年。聽到那樣的他說「不過是小事情」，我心裡感到無比高興且安心。

「……吶，阿巧，你有希望我為你做什麼事嗎？」

「希望妳為我做的事？」

「你不是為了我煮飯還有準備洗澡水嗎？所以，我也想做點事情回報你，當作給你的獎勵。」

「這……不用啦，這些只是普通的小事罷了。」

「不要這麼說嘛，我要是不為你做點事，心裡會過意不去的。」

「……既然這樣——」

煩惱片刻後，阿巧開口。

「我可以抱妳嗎？」

「……咦？」

「我想緊緊地抱住綾子小姐……」

我訝異地反問後，阿巧滿臉羞澀卻清楚地重述一遍。

看來我並沒有聽錯。

我感覺自己的臉頰瞬間發燙。

這、這孩子到底在說什麼啊？

「那也就是……所謂的擁抱了？」

「是、是的。如果可以，我希望能夠比平常……更激烈一些。」

「啊……咦……？你、你是說真的？」

「是的。」

「你只要這種獎勵？」

「這樣就好。」

「……不、不行啦，我現在是說我要獎勵你耶？可是，若是你抱了我……」

因為實在太害羞，我忍不住將心裡的想法原原本本地說出來。

「那樣不就變成是在獎勵我了嗎？」

「…………！」

頓了一拍之後，阿巧忽地伸手抱住我。

緊緊地。

一如他所言，他比平時還要稍微激烈地將我緊擁入懷。

「咦、咦咦咦？」

「……不行啦，綾子小姐，不可以說這麼可愛的話。」

「可、可愛？……可是我並沒有……唉唷，阿巧你真是的。」

我表面上雖然表現得好像有些不情願，卻無法抑制嘴角上揚。

來到東京工作的第一天。

雖然太多不習慣的事情讓人覺得很辛苦……但是多虧男友的溫柔相伴，讓工作上的辛勞一掃而空。

第五章
過去與重逢

♠

來到東京後的第三個早晨。

一覺醒來，隔壁床上不見綾子小姐的身影。

時間是——早上六點五十分。

雖然我是在鬧鐘響之前就自己醒來，不過看樣子綾子小姐比我還要早開始行動。

莫名覺得有些內疚，我於是趕緊起身。

我折好棉被，正準備急忙前往客廳時——忽然間想到一件事。

等一下喔。

現在這個時候急著行動或許不是一件好事。

因為我們現在——正在1LDK的房子裡同居。

這樣的格局以兩人共同生活來說相當狹小，幾乎沒有自己專屬的空間。

若是無所顧忌地生活……恐怕會經常不小心侵犯到對方的隱私。

比方說，換衣服。

比方說，上廁所。

比方說，洗澡。

會有撞見那些敏感場面的風險。

值得慶幸的是，我們直到今天為止都沒有發生那方面的意外。如果可以，我希望以後也不會發生。

……不過話說回來，我也不能說自己絲毫沒有一點期待。畢竟我也是一個男人。心上人的羞恥模樣……坦白說，我很想看。

自從知道我們要同居之後，我做過的妄想簡直不勝枚舉。如果說我完全不期待在洗澡或是換衣服時，發生令人又喜又羞的養眼幸運意外，那是騙人的。

但是……

就是這個但是。

我不能讓自己沉溺在那種邪惡的思想中。

正因為是兩人共同生活，所以體貼比什麼都來得重要。

我必須盡可能尊重對方的隱私。

什麼養眼的幸運意外，那種東西能避免就應該盡量避免。

「……呼～」

我深呼吸一口氣，讓腦袋徹底清醒。

然後——冷靜思考。

在現在這個情況下，可預料到的意外事件……大概是上廁所和換衣服吧。

上廁所只要進去之前確實敲門就沒問題。

換衣服也是……只要留意對方是否也在盥洗室裡，應該就不會有事。

１ＬＤＫ的同居生活——如果要避免換衣服時被對方看見，就只能使用臥室或是盥洗室。

臥室裡現在有我在。

這麼一來，綾子小姐如果要換衣服，便只能到盥洗室去了。

也就是說——

我只要在進廁所和盥洗室之前確實敲門，應該就能百分之百迴避掉養眼的幸運意外事件。嗯，肯定是這樣沒錯。

「…………」

咦？好奇怪喔。為什麼我會這麼拚命地想要避開養眼的幸運意外呢？

我已經是綾子小姐的男朋友了，以我的身分，即便不小心目擊到她換衣服，說不定也能獲得原諒……不過，嗯……唔嗯，還是避開好了。嗯，就這麼辦。

畢竟我才成為她的男朋友不久，還是極力當個紳士吧。

我帶著這樣的決心，打開臥室的門。

結果——

綾子小姐正在客廳裡面換衣服。

一打開臥室的門，就見到她人在那裡。

換言之就是近在眼前。

她正在離我極近的位置更衣。

不知該說湊巧還是不湊巧，此時的她已經換到一半，將一半以上的睡衣都脫掉了。

身上的長褲已經褪去。

包覆臀部的黑色內褲和雪白大腿映入眼簾。

可是，比下半身更加吸睛的是——上半身。

上衣的鈕扣解開了一半以上，露出深邃無比的乳溝。

充滿驚人存在感和份量感的豐滿胸部。

若是平常，那對豪乳應該會被內衣所包覆——然而如今，照理說應該在那裡的拘束具卻不存在。

因此，乳房在重力的牽引之下，配合著她的動作劇烈晃動。感覺只要上衣稍微移位，就連前端都會整個一覽無遺——

「——呀啊！」

「哇！對、對不起！」

在尖叫聲中赫然回神的我趕緊將門關上。

心臟怦通怦通地狂跳。

綾子小姐那副煽情的模樣牢牢烙印在我腦海中，興奮的感覺直衝腦門……相反地，卻也有一種近似無力感的情緒在心中萌生。

「……結果是在客廳換衣服啊……」

我小聲嘟噥，一面深深地嘆息。

我沒有預料到這個情況

在同個屋簷下的同居生活。

看來要迴避養眼的幸運意外相當困難。

後來到了早餐時間，我們之間的氣氛依舊有些尷尬。

「那個，綾子小姐……剛才真的很對不起。」

「沒、沒關係啦！你不用一直向我道歉。」

綾子小姐在餐桌另一頭搖手說道。

「我才應該要道歉才對。要是我有乖乖到盥洗室換衣服就好了……要怎麼說呢……都、都怪我自己嫌麻煩，想說反正你還在睡，這樣應該沒問題。」

她一臉羞愧又歉疚地說。

彼此道歉後，這件事就到此結束——我才剛這麼心想。

「……還、還有，因為我不想被你誤會，所以有件事想先跟你說清楚。」

豈料綾子小姐就用一副下定決心的表情，接著說下去。

「我不是每次都不穿內衣睡覺的！」

語氣中充滿「唯獨這一點我絕不退讓」的氣勢。

呃。

妳還要繼續這個話題啊？

虧我以為總算可以靜下心來吃早餐了。

不過話說回來……綾子小姐還真常跟沒穿內衣這件事扯上關係啊……！

因為連我們剛開始交往時她也沒穿內衣……

「平常我都會穿晚安內衣。」

「晚、晚安內衣……」

記得沒錯的話，那好像是女性睡覺時穿著的胸罩？

「昨天我只是碰巧熱到睡不著才脫下來……平常絕對、絕對……都會穿內衣睡覺。因為我不是那種邋遢的女人。」

她像在叮囑一般急促地說。

其實在我看來，我並不認為睡覺時不穿內衣很邋遢，反而還想大力推薦不穿內衣睡覺……不過身為女性，她似乎有無法讓步的地方。

「女、女人真的好辛苦，連睡覺的時候都得穿胸罩。」

「就是啊……雖然好像也有很多人不穿，可是……那個，因為像我這種尺寸如果不穿，睡覺時胸型就會跑掉……」

見到她一副難以啟齒地這麼說，我的視線差點就情不自禁被胸部吸引過去，然而我還是憑著我鋼鐵般的理性拚命移開視線。

這麼說來，胸部愈大的人就愈需要穿晚安內衣了。

如果是這樣……嗯，那麼綾子小姐可能還是穿上比較好。畢竟如果她不穿，誰還需要穿啊？

「唉……胸部大也是有煩惱的。因為不僅很重，又容易肩膀僵硬，就連泳裝和內衣也因為很難找到合適的尺寸，只能去買昂貴的商品。」

「啊，綾子小姐的內衣品牌確實相當昂貴呢。」

「就是啊。其實我並不是基於喜歡才穿高價品牌的喔？完全是因為沒有我的尺寸——」

綾子小姐起初還深深地點頭附和，不料說到一半就突然若有所思。

「……阿、阿巧，我問你。」

然後一臉狐疑地向我問道。

「為什麼阿巧你……會知道我的胸罩是什麼牌子？」

「——！」

糟糕。

慘了，我太多嘴了……！

「呃……這個嘛……」

「之、之前我洗衣服時看到上面的標籤……於是就上網查了一下。」

「…………」

不敵視線壓力的我老實回答，結果綾子小姐羞紅了臉。

「你、你還特地上網查……」

「不、不是的！我沒有居心不良，我只是想查怎麼清洗而已！因為要是用錯方法把衣服洗壞就糟了，我才想上網去查官方建議的洗滌方式……真、真的就只是這樣！」

儘管我拚命解釋，綾子小姐依舊狠狠瞪著我。

「……你之前明明說，你洗的時候有盡可能不去看。」

「只、只有標籤，我就只有看標籤而已。標籤以外的部分我完全不記得。」

「……就算你說的是真的——你還是仔細看過標籤對吧？」

「…………」

「這麼一來……你連我、我的胸部尺寸也……」

「……當、當時或許有映入眼簾，可是並沒有殘留在我的記憶裡。因為我真的只是為了知道要怎麼清洗，才會去查內衣的品牌。」

「騙人，你一定有看。你已經知道了對吧？知道我是……G罩杯。」

「咦？呃……怎麼會是G？應該比G還要大上幾個——啊！」

當我發現自己遭到引導盤問時，一切已經太遲了。

只見綾子小姐的臉愈來愈紅，羞恥與憤怒的火焰在眼中熊熊燃燒。

「你果然看了……！」

「呃，那個……對、對不起。」

「……真是的！阿巧是大色狼。」

綾子小姐一臉傻眼，像在鬧脾氣似的抱怨。

這麼說或許會讓她更生氣也說不定，不過怒氣中帶著羞怯的她真是可愛極了。

慌亂的早餐時間過後，我們開始急忙為工作做準備。

話雖如此，綾子小姐今天好像下午才要去公司。

因此必須做準備的人是──我。

「……哇啊！」

見到換好衣服走出臥室的我，綾子小姐的雙眼頓時亮了起來。

「好久沒有看到阿巧穿西裝了耶。」

「上次穿已經是成人式的時候了。」

我苦笑著低頭打量自己的模樣。

這套西裝是我趁大學入學時購買的。為了方便找工作時也能穿，我特地選了比較基本的款式。

「不過我還是不太習慣穿成這樣，總覺得有點彆扭。」

「不會啦，沒什麼好彆扭的。因為阿巧你個子高、肩膀又寬，非常適合穿西裝呢。我……很喜歡你穿西裝的樣子喔。」

「哈哈，謝謝誇獎。」

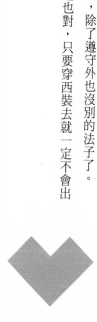

雖然這可能是客套話，不過受人稱讚的感覺還不賴。

「不過……實習有需要穿西裝去嗎？我還以為『莉莉絲塔』不是那麼拘謹的公司。」

「……對方是有跟我說『穿什麼都可以』，不過即便如此，我想第一天還是穿西裝去會比較好，畢竟也有可能是『便服陷阱』。」

「便服陷阱？」

「意思就是，例如找工作面試時，因為對方註明『請穿著便服前來』就真的穿便服去，結果到了現場卻大出洋相。」

我本身雖然沒有那種經驗，不過只要讀過就業手冊，就會知道上面往往都會提到這個「便服問題」。

以找工作為例，企業方所說的「請穿著便服前來」不過是客氣的表現，我方要讀懂背後的意思，然後穿著西裝或是有一定正式程度的服裝前往才有禮貌。

這話聽來儘管麻煩，但這就是社會的禮儀，除了遵守外也沒別的法子了。

「我是覺得那間公司不會這樣啦……不過也對，只要穿西裝去就一定不會出錯了。」

之後綾子小姐再次端詳我的西裝打扮，視線卻在脖子附近停了下來。

「哎呀，阿巧，你的領帶有點歪喔？」

「咦……真的嗎？」

「嗯，稍微歪了一點。」

我試著用手確認，卻還是不知道哪裡歪了。

可能是因為我已經很久沒打領帶，再加上臥室裡沒有鏡子，所以才沒打好吧。

「借我一下。」

見我遲遲沒將領帶調正，於是綾子小姐伸手幫忙。雖然有些害羞，我還是稍微抬起下巴，交給她調整。

柔軟的手指慢慢地調正領帶的位置。

彼此的臉自然而然靠近，奇妙的羞怯感在我們之間瀰漫。

「……之前我也像這樣幫阿巧調整過領帶呢。」

「就是啊。我記得，那是在我剛上高中的時候。」

「當時……我什麼都沒想，就動手幫你調整了。」

我想起來了。

當時，綾子小姐只把我當成附近的小孩子看待。

所以就連領帶……她也是一派若無其事地幫我調整。

就像在幫年齡相差懸殊的弟弟，或是親戚的小孩整理衣服一樣。

以大人身分，不以為意、自然而然地做出應對。

當時的我，對於她那樣的溫柔舉動感到有些難受。

被她當成小孩子而不是男人看待這件事，讓我好不甘心。

但是現在——明明是同個人在替我做同一件事，我卻感到滿心歡喜、心滿意足。

「妳現在心裡在想什麼？」

「……咦？」

被我這麼一問，綾子小姐微微紅了臉頰。

「沒、沒有啊，我沒有在想什麼……」

「我們這樣很像新婚夫妻對吧？」

「……你、你既然知道就不要故意問啦！」

鬧脾氣似的嚷嚷後，綾子小姐稍微用力將領帶拉緊。

明明是相同的行為，以前和現在的意義卻截然不同。

因為我們的關係，以及彼此的心意都改變了。

這個事實令我喜不自勝。

由於幸福無比的早晨例行公事讓我處於腦袋空空的妄想狀態，我本來還擔心自己能否在這種狀態下好好地實習……結果如此飄飄然的腦袋，一下就因為客滿電車而冷靜下來。

好難受。

東京的客滿電車讓人好難受。

算了，既然綾子小姐每天早上也都在這種狀況下通勤，我怎麼可以因為這點小事就發牢騷呢？

下了電車，我隨著從車站湧出的人潮前往目的地。

「莉莉絲塔」股份有限公司。

我所要實習的公司似乎位於住商混合大樓的三、四樓。

因為綾子小姐的公司「燈船」據說也位於類似的住商混合大樓內，我想都會的新創企業大概都是這樣吧。

搭乘電梯來到三樓後，負責接待的人隨即上前迎接。

「啊～你好、你好，歡迎你來。」

那是一名笑容滿面、髮色明亮的男性。

掛在脖子上的員工識別證上寫著——「吉野」。

「你是左澤對吧？哎呀～幸會，我是吉野。」

「幸會，我是左澤巧。」

我深深地低頭致意。

我雖然和吉野先生通過好幾次電話，不過像這樣實際見面還是第一次。

帶捲度的褐色頭髮和耳環，穿著是品牌Logo Tee配上牛仔褲的極休閒風格。

我聽說他的年紀是三十出頭，不過可能是打扮的關係吧，他本人看起來相當年輕，即便說是大學生感覺也勉強行得通。

「今天起還請您多多指教！」

「喔！不錯耶，這麼有精神。嗯，大學生就是要這樣才行。」

他開朗地笑道，一邊輕拍我的肩膀。

「那麼你跟我來吧。一開始會先在會議室進行說明。」

「是，抱歉打擾了！」

「啊哈哈，你不用那麼緊張啦，我們公司的風氣還滿自由開放的。」

大概是看出我很緊張了吧，吉野先生笑著安撫我。

「左澤，你是第一次實習嗎？」

「是的，貴公司是我第一間實習的公司。」

「就跟你說不用那樣了。什麼貴公司的……又不是在面試。」

我又被笑了。

唔嗯，因為是狼森小姐介紹我來的，為了避免做出失禮之舉，我來之前特地繃緊了神經……但是情況看來跟我想像中不一樣啊。

「因為我們公司也是從今年才開始實施實習制度，我理所當然也是第一次帶實習生，所以你不需要那麼拘謹。放輕鬆點吧，放輕鬆。」

「是……」

「還有，服裝方面也不用穿西裝，穿便服就可以啦。話說回來，我沒有告訴你『穿什麼都可以』嗎？」

「有是有……只是我以為即使公司方面這麼說，也應該要穿西裝來才符合社會人士的禮儀。」

「啊哈哈，另一個人也說了相同的話。」

「……咦？」

「因為那孩子也穿了套裝來。原來如此，認真的孩子聽到人家說『穿什麼都可以』反而會穿西裝來啊。看來明年開始得注意這一點了。」

「請問，您說另一個人是……」

「就是另一位實習生啊。除了左澤你之外，還有另一個在東京讀大學的學生。我沒告訴你嗎？」

這——我還是第一次聽說。

不過仔細想想，這樣其實很正常。只招收一名實習生反而才稀奇吧。

「那孩子也是大概五分鐘前到的。雖然時間有點早，不過既然你們兩人都到齊了，那就開始說明吧。」

於是我跟在吉野先生後面，在他的催促下進入會議室。

在裡面的是——一名女性。

整齊紮起的頭髮、色調沉穩的套裝，活脫脫就像個正在求職的學生。

她大概就是另一名實習生吧。

儘管看不見長相，但是從她挺直背脊的端正坐姿來看，可以感覺出她極為緊張。

「抱歉讓妳一個人在這裡等。」

「……不、不會，沒關係！」

吉野先生一開口，她立刻猛地站起。

她以流露出緊張感的僵硬動作轉過身，面向這邊。

和我四目相交的瞬間——

「咦……」

她瞪大雙眼，我則是倒吸一口氣。

「巧、巧……？」

她一副驚訝地說。

以和高中時代相同的方式，呼喚我的名字。

所以——大概是因為這樣吧。

我也不由得被拉進去了。

被拉進高中時代的回憶裡。

「有、有紗……？」

我完全不敢相信。但是，不會有錯的。

雖然髮型、妝容、穿著都和高中時代截然不同——可是，驚訝時的語氣、表情都和從前一模一樣。

愛宕有紗。

在那裡的，是高中時代被稱為我的「女朋友」的女孩。

♥

「——是、是。我真的……對於事後才告知此事感到相當抱歉。等我回去之後，一定會親自登門問候……是，謝謝妳……不會、不會！阿巧——不對，巧他幫了我很多喔！感覺反而是我受他照顧了…………是、是，那麼我先告辭了……」

明明通電話時看不見對方的臉，我卻一再地低頭致意。雖然聽說這是日本人特有的舉動……不過如今，我心裡除了羞愧外也沒有別的了。

「……唉。」

通話結束後，我坐在沙發上嘆了口氣。

對方是——朋美小姐。

是阿巧，也就是我男友的母親。

我透過電話，針對這次同居的事情跟她打了招呼。

雖然阿巧好像事前就有告知並且取得了父母的許可，可是身為女朋友……應該說身為一個大人，我還是想向對方稍微打聲招呼。

回頭想想……雖說只有短短三個月，不過以先斬後奏的方式同居，感覺還是相當失禮。

至於朋美小姐的態度——

『完全沒關係啊，妳不用在意那種事情啦。綾子小姐妳就努力做好自己的工作，要是巧妨礙到妳，到時妳只要把他趕出去就好。』

雖然她的回應感覺一派輕鬆……啊～但我還是覺得好過意不去。

就是忍不住會猜想，也許她內心其實不是那樣想的。

不過話說回來，可能也有人會認為同居是兩個人的事情，不需要家長許可啦。

況且阿巧也已經成年了……不對，雖然說他已經成年，但畢竟還是受父母扶養的大學生，所以做什麼事情之前還是應該先向父母請示比較好……啊～可是這樣一來，會不會像是把阿巧當成小孩子看待啊……

唔……搞不懂。

完全不知道什麼才是正確解答。

究竟該做什麼、怎麼做，才是世俗認為正確的事情呢——

「……算了，世上恐怕沒有所謂正確解答吧。」

我喃喃自語。

男女之間的戀愛——或許本來就沒有正確解答這種東西。

每個人的戀愛形式各不相同。

和父母、和這個世界的相處方式也是因人而異。

就算真的有某種類似理論或是範本的東西存在，就這麼依循所謂的標準去走也不是正確的做法。

更何況我們是——年齡相差超過十歲的情侶。

年過三十的單親媽媽和二十歲的大學生。

既然這樣的交往關係比較罕見，那麼依循一般世俗所認為的正確解答或許是錯的。

正確解答的形式必須由我們自己去發掘。

「……啊！糟糕，已經這麼晚了！」

我趕緊切換情緒，著手處理家事。

因為下午要出門工作，我得趁上午的時間把能做的事情做完。

首先是——洗衣服。

我來到盥洗室，將籃子裡的衣服扔進洗衣機。

扔到一半——我突然停下動作。

我看見的是，阿巧的襯衫。

是他昨天穿在夾克裡面的襯衫——

「……嚇！」

發現自己竟愣愣地凝視襯衫，我赫然回神。

等等。

等一下等一下等一下！

我、我在想什麼？

我想對阿巧的襯衫做什麼啊？

不行啦……不可以那麼做。

就算是女朋友……也有該做和不該做的事情！

可、可是——阿巧不是也洗過我的內衣褲嗎？

無論是胸罩還是內褲。

連標籤他都仔細確認過了。

既然如此……我就算稍微惡作劇，應該也不至於遭到報應吧？

因為他對我的內衣褲為所欲為，所以我也要對襯衫——

「…………」

我拚命地替自己找藉口，然後再次面對他的襯衫。

東張西望。

明明四周空無一人，我依舊謹慎地確認周遭——然後提心吊膽地把臉埋進白襯衫裡。

啊……好棒。

襯衫上有淡淡的阿巧的味道。

擦身而過時、擁抱時，不經意感受到的他的味道。自從展開同居生活之後，感受到那股氣味的瞬間便增加了。

明明心跳澎湃不已，心情卻異常平靜，好不可思議的感覺。

彷彿就像被阿巧包圍著一樣。

怎麼辦？

我可以……穿穿看這個嗎？

我記得，人家都說這是男友襯衫——

嗡嗡嗡。

就在這時……

擺在洗臉台上的手機忽然發出劇烈震動。

「～～～！」

我嚇到以為心臟要從胸口蹦出來了。

匆匆將襯衫扔進洗衣機後，我急忙接起電話。

「……是。啊，沒問題，麻煩按照約定的時間送來。是……」

是宅配人員打來的確認電話。

我之前有請美羽幫忙把開始在這裡生活後發現缺少的物品寄來，看來包裹就要寄到了。

「……呼～～」

我深深地大口吐氣，整個人癱坐在地。

啊，真是的，對心臟太刺激了。

話說……我剛才到底在做什麼啊？

居然如此陶醉地聞男友襯衫的味道……感覺好像變態。

彷彿欲求不滿似的。

「………」

與男友偶然展開的同居生活。

能夠有更多時間和他膩在一起，讓我開心得不得了。

然而——不對。

正因為如此。

正因為距離拉近了……慾望於是漸漸地膨脹。

現在的我，變得好想擁有他更多。

「……真希望趕快見到阿巧。」

明明才分開幾個小時，我卻不禁說出這樣的話。

心裡莫名覺得悶悶的——同時就某方面而言也是悠哉吧。

渾然不知之後即將到來的考驗——

第六章
交往與祕密

第六章
交往與祕密

♠

高中時代——

那是與愛宕有紗有關的諸多事件大致解決後所發生的事情。

我——被她告白了。

我喜歡你。

請跟我交往。

請當我真正的男朋友。

她對我這麼說。

那是一場認真的告白。

認真、嚴肅、用盡全力做出的告白。

這並不是我有生以來第一次被女孩子告白。

我曾經在參加全縣的游泳比賽之後，被沒有交談過幾句的學妹親口告白或是收到告白信……不過這次的告白，總感覺比以往那些來得慎重。

我可以從她的表情和言談中，深深感受到她的認真。

但是……

無論是多麼真心誠意的告白，我的答案都只有一個。

「——抱歉。」

我斬釘截鐵、清楚明瞭地說。

「謝謝妳向我告白，妳的這份心意讓我很開心。可是……抱歉，我不能當妳的男朋友。」

「……啊哈哈。」

有紗打哈哈似的笑了。

「我、我想也是～其實我早就知道會這樣了。我才要為了告白的事情向你道歉呢。」

並且用開朗到不自然的語氣說道。她雖然拚命想要故作輕鬆，眼中卻已浮現淚光。

「因為巧之前只是受我之託嘛。你會對我那麼好，只是因為你是一個善良的男孩……啊哈哈。哎呀，我不小心誤會了～雖然我本來還以為自己搞不好有機會哩～」

「…………」

「對了，你可以……順便告訴我不行的理由嗎？如果是我可以改進的地方，我會盡可能努力做到的……」

見到她用感覺隨時都會哭出來的表情這麼說，我的心像被揪住一般隱隱作痛。

「……問題不在妳身上。」

我明確地回答。

以最大的誠意，答覆她真誠的告白。

「是因為我有喜歡的人了。」

下午五點多——

實習第一天結束之後，我和愛宕有紗一起走去車站。

由於我們利用的車站是同一個，於是自然而然就結伴同行。

「哎呀～嚇我一大跳。沒想到居然會以這種形式和巧重逢，這個世界真是意外地小耶。」

走在一旁的有紗開心地這麼對我說。

「有紗……妳是在東京讀大學嗎？」

「沒錯、沒錯，我現在自己一個人住。你是念當地的大學對吧？」

「是啊。」

「卻想來這邊實習？」

「這件事說來話長……總之是朋友幫忙介紹的。」

「啊，我也一樣。我是因為大學同社團的學長在『莉莉絲塔』上班，才透過關係得到實習的機會。」

真的好巧。

沒想到我離開家鄉到東京的公司實習，竟然會遇到離開家鄉到東京讀大學的朋友。

不過嘛……說起來還是我比較異常。

因為對方是透過大學學長這個比較常見的管道，但是我這邊的關係就要複雜許多了。

「巧，我問你，你明天打算穿什麼衣服？」

「應該是便服吧。我會穿稍微偏正式一點的便服。」

「我也是。唉……結果居然失敗了～我是因為擔心遇上常見的『便服陷阱』，才想說只要穿套裝就不會有問題……沒想到會連這一點也被別人拿出來取笑。」

「哈哈！我也是因為這樣才穿西裝的。」

「就是嘛、就是嘛！一般通常都會這麼想啊！吉野先生一點都不懂找工作的大學生脆弱的心。」

我們拿彼此的失敗開玩笑。

好奇妙的感覺。

我沒想到自己有一天還能像這樣和有紗說話。

坦白說……我一直以為高中畢業後，我們就再也不會見面了。

畢竟我從來沒有想過要主動聯繫她，對方想必也沒有這個念頭吧。

因為。

我們到最後──

「……感覺好懷念喔。」

有紗的表情忽然蒙上陰影。

「像這樣和你走在一起，真的會讓人不禁回想起高中的時候呢。我們以前也曾在放學路上，一起走到車站對吧？」

「…………」

「當時真不好意思，要求你陪我做些奇怪的事情。」

「……不會。」

「其實我一直以為……我們大概不會再見面了。因為我不曉得該用什麼表情去見你，而且也覺得見了面只會很尷尬。」

「但是——」有紗接著說。

臉上露出一如往昔的燦爛笑容。

「我很高興今天能夠見到你。」

那是彷彿真的打從心底笑出來一般愉快的笑容。

「要怎麼說呢……就是那個啦，類似像是刺激療法？雖然絕對沒辦法自己主動聯繫對方，但是只要像這樣不期而遇，就會因為過於驚訝而忘記要尷尬了。」

「…………」

「『百思不如一試』這句話真是一點也不假～哎呀，我是不是應該要感謝命中注定的邂逅呢？我想，這一定是老天爺特地替我們安排的機會啦。」

「……有紗，妳感覺變得比以前還要活潑耶。」

「咦？有嗎？唔嗯……也許吧，因為我在這邊的大學過得很開心啊～我現在已經不是以前那個東北的鄉下女孩了喔。」

有紗露出淘氣的笑容，打趣地說。

或許——的確是不一樣了。

我和有紗都已經不是當時的自己。

無論年齡、學校、身分、生活環境。

以及——往來對象也是。

「吶，我們難得見面，要不要去哪裡喝一杯，慶祝重逢啊？」

有紗做出舉杯飲酒的動作，一派輕鬆地提出邀約。

「我知道很多便宜的好店，可以介紹給你喔？」

「……還是不了。」

我微微搖頭。

「咦？為什麼？明天雖然也要實習，可是只要不要喝得太晚應該就沒關係吧？還是說，巧你不會喝酒？」

「不是那樣的。」

我開口。

清楚明確地說道。

「是因為我現在有交往對象。」

「…………」

有紗目瞪口呆，瞬間停下了腳步。

儘管知道她做出何種反應，我仍繼續往前走，沒有放慢步伐。

「所以……我不太方便和女孩子單獨去喝酒。」

「……喔～原來是這樣。」

停頓一拍後，有紗隨即跟了上來。

「你們是從什麼時候開始交往的？」

「最近。真的是最近才開始的。」

「是在大學裡面認識的嗎？」

「不是……不過對方也是當地人。」

「原來如此～也是啦，有時的確也是會有這種狀況。」

有紗依舊神情訝異地說下去。

「不過……只是跟許久不見的朋友去喝酒，這樣應該沒關係吧？怎麼？你女朋友管得很嚴嗎？是很會管東管西的類型？」

「不是因為她會抱怨的關係，單純是我自己想要這麼做。」

「唔哇，你說這話也太帥氣了吧。」

挖苦似的說完，有紗露出溫和的笑容。

那是她在高中時不曾表現出的，略顯成熟的表情。

「巧，你真的跟以前一樣都沒變耶。我從高中的時候就覺得，能夠成為你女朋友的人應該會很幸福。」

「…………」

「嗯，我明白了。既然如此，那還是不要去比較好。如果要喝……就等下次不是單獨的時候再去吧。」

聊著聊著，我們抵達了車站。

「那麼，我要搭這條路線。」

「好。」

「明天見嘍。」

有紗一邊揮手，一邊混入人群之中。

目送她離開後，我前往自己要搭車的月台。

腦袋裡……充斥著難以言喻的鬱悶感。

好了。

現在這到底是什麼情況？

回到家之後，我的腦袋依舊不停想著愛宕有紗的事情。

我究竟該不該告訴綾子小姐我和她之間的事呢？

沒有必要說……我是這麼認為的。

我和有紗現在的關係，單純就只是偶然遇見的「前同班同學」，沒有別的。

因此特地報告反而感覺很奇怪。就好比劈腿的男人唯獨會在偷情當天主動向妻子報告一天的行程……感覺就跟這種行為一樣刻意不自然。

逐一報告讓人覺得怪怪的。

可是……

不說也讓人覺得很不誠實。

雖然覺得既然沒有做任何虧心事，還是說出來比較好——然而這麼一來……又會出現要說到何種程度的問題。

高中時代。

我應該將我和有紗之間發生的事情全部說出來嗎？

老實講……我並不想說。

因為那並不是說出來會感到開心的事情，而且我想綾子小姐聽了也不會高興。

關於我和有紗在高中時代究竟發生過什麼——

「——巧，阿巧。」

「咦？是、是的！」

晚餐時間——

驚覺有人在叫我的名字，我一抬頭，就見到坐在餐桌另一頭的綾子小姐憂心忡忡地望著我。

「呃……對不起，妳剛才說什麼？」

「我是問你要不要再來一杯飲料……」

「啊，好的，麻煩妳。」

我急忙遞出杯子。

啊，我真可恥。

居然做出無視綾子小姐這種事來。

而且，竟然還在品嘗她親手做的料理時想別的事！

「你還好嗎？感覺你一直在發呆。」

正當我陷入自我厭惡時，從廚房回來的綾子小姐一邊將裝了麥茶的杯子遞給我，一邊關切道。

「……對不起，我只是在想事情。」

「實習……果然很辛苦嗎？」

「不，實習本身並沒有那麼累……因為今天幾乎就只是聽取說明和跟同事們打招呼就結束了。」

「是嗎？可是，你看起來好像很煩惱的樣子。」

「我並沒有在煩惱……」

「如果有什麼事情，你隨時可以找我商量喔。」

綾子小姐帶著柔和的笑容這麼說。

那副微笑猶如女神般美麗且溫暖。

「畢竟在工作方面，我的資歷要比你來得久一點，所以你要是遇到什麼困擾，我想我應該多少可以幫上忙。」

「綾子小姐……」

「……不過與其說久一點，其實應該是很久啦。畢竟我都已經出社會大概十年……早就已經超越前輩，來到ＯＧ也就是Old Girl的等級了……」

「啊，請、請不要那麼沮喪！」

姑且安撫之後——

「……謝謝妳。」

我接著說。

「假使之後在實習上遇到困難，我會找綾子小姐商量的。」

開口那一刻——我的心瞬間刺痛了一下。

為了掩飾心痛的感覺，我趕緊將碗裡剩下的飯扒光。

然後拿著空碗從椅子上站起來。

「我要再吃一碗。」

「真的嗎？可是你剛才已經盛一大碗了耶。」

「誰教綾子小姐做的菜太好吃，害我忍不住吃太多嘛。」

「真是的！你就算誇獎我也得不到好處喔？」

儘管我們兩人笑成一團，我的心中卻出現小小的陰影。

結果那天——我終究沒有提起愛宕有紗的事。

這並不是我思考過後做出的合理判斷。

雖然最主要的原因，是我不想讓綾子小姐操多餘的心——可是說到底，或許只是因為我害怕也說不定。

害怕。

沒錯，我很害怕。

正因為此時此刻是如此幸福，所以我才害怕失去。

如今，我正身處期盼了十年才終於實現的夢想中。

內心深處某一部分的我，不想讓任何一絲多餘的干擾，進入到這個幸福無比的兩人世界裡。

第七章
欲求與不滿

「——左澤感覺怪怪的？」

聽到狼森小姐這麼反問。

「……是的。」

我輕輕點頭，然後稍微啜了一口杯裡的檸檬沙瓦。

同居數日之後的第一個星期五。

地點是——居酒屋的包廂。

狼森小姐帶我來到這個價格稍微偏高的地方。

今天姑且算是慶祝我來東京工作的聯歡會。

當初原本預定要找同事們一起盛大慶祝，但是我堅決反對那麼做。因為……感覺很丟臉嘛。明明只會在東京工作三個月卻找一堆人來喝酒，這樣我實在覺得過意不去。

於是——後來就變成我和狼森小姐兩人的歡迎會。

大概是開喝後的三十分鐘左右吧。

起初我們原本是在聊工作的事情，但是自從彼此都點了第二杯之後，話題就逐漸轉移到我的同居生活上了。

「妳說他怪，具體而言是怎麼個怪法？」

「呃……其實他也沒有到非常怪。」

我一邊回想他這幾天的態度，一邊回答。

「只不過，他雖然說起話來很正常，但是自從實習第一天開始，他就偶爾會一臉凝重地像在煩惱什麼事情……」

「是喔？」

狼森小姐隨口附和，一面啜飲加了冰塊的威士忌。

「前天我剛好有機會和『莉莉絲塔』的人見面，於是忍不住詢問了左澤的事情……可是就我打聽到的，他似乎沒什麼問題耶。對方說他不僅工作方面的學習能力強，而且很有禮貌，是個時下難得的好青年，對他的評價相當高喔。」

看來他並不是為了工作上的事情而煩惱。

既然如此，那阿巧究竟在煩惱什麼呢？

又或者一切是我多慮了？

如果真是如此就好了。

「如果不是煩惱工作……那也許就是煩惱跟歌枕妳的生活了。」

「看來果然是這樣呢。」

新環境，新生活。

更何況，阿巧還是第一次來到東京生活。

比起已經為了工作來過東京好幾次的我，他所感受到的負擔恐怕要大上許多。或許在我渾然不覺間，他身上已經累積許多壓力了……

「他搞不好正在煩惱和妳之間的性生活喔。」

「……那個字是多餘的。」

只是增加一個字，整句話的意思就大不相同。

在我的瞪視之下，狼森小姐依舊嘻嘻笑個不停。

「哎呀，我是說真的啦。不是只有青春期的孩子才會有性方面的煩惱，大人理所當然也會為此發愁。」

「…………」

「坦白說，情況到底怎麼樣？你們都同居將近一星期了，晚上那件事還順利嗎？畢竟你們雙方都沒有經驗，就算出現什麼問題或是不協調的地方，也不是什麼奇怪的事……」

「妳、妳在胡說什麼啦，真是的！什麼有問題還是不協調……話說我們根本就還沒……」

「……咦？」

這時，狼森小姐整個人愣住了。

臉上露出超越吃驚，已經到了傻眼程度的表情。

「你們還沒有做？」

「…………」

「一次也沒有……？」

「…………」

「那至少也有愛撫──」

「沒有！什麼都沒有！」

難為情到極點的我忍不住怒吼。

「真是的，有什麼關係嘛！我們有我們自己的步調啊！」

「……呃，我並沒有要譴責妳的意思，我只是感到很驚訝而已。剛交往的情侶在同個屋簷下生活了將近一星期，居然會什麼事也沒發生。如果是學生情侶就算了，可是你們兩人明明都已經成年了。」

狼森小姐帶著苦笑繼續說。

「難道你們之間從來沒有那種氣氛嗎？」

「……第、第一天晚上是有那麼一點感覺啦。可是……」

「可是？」

「阿巧說他『不喜歡馬虎行事的感覺』，還說『這次同居不是我們兩人討論後做出的決定』……」

「……噗！啊哈哈哈！左澤這個男人還真是高潔耿直到讓人傻眼耶。」

狼森小姐噗嗤大笑。

「好吧，他可能有一部分是因為和我聯手騙了妳，所以心裡感到內疚吧……不過就算是這樣，也未免有些過頭了。」

「……我是覺得狼森小姐也應該覺得內疚才對。」

「原來如此、原來如此。歌枕妳是因為心愛的男友不對妳出手，才會開始欲求不滿啊。」

「妳、妳少胡說了！我才……才沒有不滿哩。我很高興阿巧是個如此紳士的男人！」

「真的嗎？」

狼森小姐用微微泛紅的臉頰，語帶嘲諷地問道。

大概是喝了酒的關係，感覺她的纏人程度比平時還要增加三成。

「難得出來喝酒，我們兩個女人就拋棄無謂的矜持和羞澀，打開雙腿盡情暢談吧。」

「要打開的是心扉，心扉！請不要隨便打開雙腿！」

啊真是的，好低級的黃色笑話！

跟她出來喝酒果然很可怕！

「真是的……拜託妳適可而止一點啦。我很不喜歡這樣耶……這種以為喝了酒，就可以不顧一切解開束縛的想法。」

我斬釘截鐵、清楚明瞭地說

「我即使喝了酒，也絕對不會脫序的！」

在我做出那番宣言……應該說慎重的開場白之後的約莫一小時。

大約四杯檸檬沙瓦下肚之後——

「……啊，對啦，我就是欲求不滿啦，不行嗎？連我自己也不知道該怎麼辦才好，簡直傷透了腦筋！嗚嗚……嗚嗚～」

喝得醉醺醺的我徹底脫序了。

解開一切束縛了。

我恣意地大聲嚷嚷，趴倒在桌子上。啊，不行，腦袋恍恍惚惚的。感覺掌控腦內理性和判斷力的部分徹底麻痺了。

「好好好，妳乖、妳乖。」

「嗚嗚……狼森小姐……」

酒後的我到底是愛哭型還是纏人型，連我自己也搞不清楚。

儘管我其實仍保有一絲冷靜……不過算了。

乾脆把自己全部交給酒精吧。

至於狼森小姐，她則是和剛才沒多大改變。和一直只喝檸檬沙瓦的我相反，她不斷地變化種類，現在則正在用小酒杯品嘗日本酒。

「話說回來……阿巧實在很狡猾耶！說什麼『想要製造美好的回憶』還有『會等到我做好心理準備為止』……他都說出那種帥氣的話了，這下叫我怎麼開口嘛！」

「嗯嗯。」

「而且……什麼叫做『心理準備』?咦?難道等我準備好了,我還得自己主動開口說『我準備好了喔』嗎?這會不會太高難度啊!」

「就是啊、就是啊。」

「當、當然我並不是想怪罪阿巧不好喔?我真的很高興他這麼替我著想……只是,那個……就是因為阿巧實在太溫柔又太完美了……讓我不禁覺得獨自悶悶不樂的自己是個超級不檢點的女人……」

「原來如此、原來如此。」

話匣子一開,我就開始抱怨個不停。狼森小姐靜靜地一邊附和、一邊聽我說,直到我停下來喘口氣她才做出結論。

「也就是說,妳希望他趕快跟妳上床了。」

「這個結論也下得太隨便!」

「難道我有說錯嗎?」

「話、話……話也、也不是這麼說……但、但還是希望妳可以稍微注意一下措辭……」

畢竟我也有自己的苦衷和糾結之處，所以不希望別人隨便擅下結論……不過說到底，或許真的就跟她說的一樣吧。

唔哇啊……好丟臉。

難道說來說去，我就只是在抱怨男友不肯跟我上床嗎……？

「這沒什麼好丟臉的，因為女人本來就也有性慾。既然妳和心愛的男友住在一起，會覺得苦悶也是必然的。」

「真、真的嗎？」

「是啊，這很正常。」

「那、那我最近這三天連續都作了色色的夢……這樣也正常嗎？」

「……這可能就有點不正常了。」

居然不正常！

我被背叛了！我竟然不小心做出羞恥的告白！

「哎呀，妳不需要放在心上啦。再說，覺得苦悶的人恐怕也不是只有妳，左澤他現在應該也相當欲求不滿喔。」

「阿巧也……」

「他現在搞不好正一個人在家裡自慰呢。」

「自……！妳、妳在胡說什麼啊！」

「這是很正常的事情啊，男人本來就是靠這麼做來解決性慾的。更何況左澤他單戀了妳十年，天曉得他至今把妳當作性幻想對象多少次呢？」

阿、阿巧把我當成性幻想對象……！

這也就是說……他一邊想著我一邊……咦、咦？

真的嗎？怎麼會……等等……咦？

「哎呀呀，兩個同樣沒經驗的情侶還真麻煩啊。」

狼森小姐苦笑著說。

「說起來，左澤這個人的確是有點問題。他好像深信不出手才是溫柔誠意的表現。」

「……」

「不對，他也有可能單純只是在害怕喔。」

「害怕……」

「他這十年來，不是一直都持續單戀著妳嗎？在他心目中，歌枕綾子說不定已經不單單只是異性……而是女神般的存在了。他在把妳當成愛慕對象的同時，也將妳視為崇拜信仰的對象。」

「什、什麼女神……」

「他可能不想傷害心愛的女神大人一分一毫吧。」

「…………」

「不過當然了，歌枕妳的問題也很大。」

「我也……」

「既然妳對他不跟妳上床一事有所不滿，那妳就打扮成會讓他按捺不住的性感模樣去誘惑他啊。」

「啥……」

「又或者由妳主動推倒他也可以。」

「我、我辦不到啦……」

「為什麼？」

「因為……那樣很難為情……而且我也……很害怕。」

我說出來了。

害怕。我雖然對性感興趣也有慾望，可是我也同樣感到恐懼。

除了對性行為本身感到恐懼，更令我害怕的是——

「阿巧他總是非常誇獎我……無論外表還是內在……他總是說他喜歡我的一切。對此，我當然覺得很開心……可是也因為這樣，我很怕自己會辜負他的期待……」

儘管覺得他把我視為女神的說法過於誇張……不過阿巧確實感覺過度奉承我、美化我了。

他總是毫不吝嗇地極力讚美像我這樣年過三十的女人。

開心，我當然覺得開心。

因為他說喜歡我，讓我也想回應他的期待——於是，我開始害怕自己無法回應他的期待，害怕自己會讓他的期待落空。

「……因為我想在阿巧心中，我應該不是那種好比性慾妖怪的女人。」

「什麼性慾妖怪……」

「所以我擔心要是我採取主動……結果害他幻滅了怎麼辦。」

「無所謂，幻滅就幻滅了啊。」

狼森小姐這麼說。

她舉杯啜飲，一副沒什麼大不了的態度。

「所謂幻滅的意思是『幻想破滅』。那種充滿偏見和成見的幻想，還是讓它快點消失比較好。因為歌枕綾子既不是女神也不是幻想——而是活生生的一個人。當然，左澤巧也是。」

「…………」

「你們這兩個活生生的人，只要裸裎面對彼此就好。」

這句話——在我醉醺醺的腦袋裡激烈迴盪。

「真是的……居然可以把這麼單純的事情搞得如此複雜，我真是敗給你們了。」

狼森小姐語氣錯愕地這麼挖苦。

然後，她像是忽然想起什麼似的——

「不過……」

——接著說下去。

「俗話說『男人的性慾巔峰期是十幾歲後半，女人的巔峰期是三十歲前半』……這麼看來，你們兩人還真是意外地契合呢。」

她一副感觸良多地說。

「畢竟憋了這麼久，看來你們做過一次之後，就會天雷勾動地火、一發不可收拾喔。」

「〰〰〰！」

已經不知該如何回應的我，只能將剩下的檸檬沙瓦一口氣乾掉。

晚上九點多，我們步出店外。

「歌枕，妳還好嗎？」

「我、我沒事。我沒有那麼醉……」

儘管嘴巴上這麼逞強，但其實我喝得相當醉。

雖然沒有到不省人事的地步……腦袋卻也是昏昏沉沉的。

「……我只是很久沒喝酒，有點喝得太快了。」

「呵呵！畢竟談話內容很刺激嘛。」

反觀狼森小姐明明比我多喝了一倍，但依舊是活蹦亂跳。

而且她還說喝不夠，待會要自己一個人去續攤。

我已經算不清我們有多少年沒有一起喝酒了，不過看來她即使年過四十，酒豪的實力依舊尚存。

「那麼……狼森小姐，今天謝謝妳的招待。」

「喂喂喂，妳自己一個人要去哪裡？」

見我稍微道謝後就準備離開，狼森小姐叫住我。

「呃……可是，狼森小姐妳不是要去喝酒嗎？」

「就算是這樣，妳該不會打算用這副東倒西歪的模樣自己回去吧？」

「不、不要緊啦，我會招計程車的。」

「我已經找人來接妳了，妳先在這裡等一下。」

「……接我？」

幾乎就在我這麼反問的同時。

「——綾子小姐！」

阿巧從鬧區的人潮中跑了過來。

「咦？阿巧……怎、怎麼會？」

「是我叫他來的。」

狼森小姐若無其事地說。

「因為我不忍心讓妳獨自走在夜晚的鬧區裡。」

一臉得意地說完，她面向來接我的阿巧。

「那麼左澤，接下來就拜託你了。我還要再和夜晚的城市遊戲一會。」

帥氣地留下這句話後，她便轉身消失在鬧區的人潮中。

和家鄉不同，因為地上的燈光讓人看不見天上星辰的夜晚——

我們朝著車站的計程車招呼站走去。

「阿巧……抱歉喔，還讓你特地來接我。」

「請不要放在心上。要怎麼說呢……這也是身為男友的工作。」

阿巧用喜孜孜的表情這麼說。

「一個人在家等反而讓我擔心到坐立不安。因為要是喝醉的綾子小姐獨自走在夜晚的東京街頭……恐怕每走十步就會被搭訕一次吧。」

「你、你對東京的偏見還真深啊……」

而且對我的評價依舊極高。

他似乎把我當成絕世美女了。

「綾子小姐，妳要是走不動了就跟我說喔。」

「沒、沒事的沒事的，我沒有那麼醉啦。」

「喝醉的人通常都會這麼說。」

「沒醉的人也會說啊！」

我語氣強硬地反駁。

啊，好丟臉。

雖然阿巧要我別放在心上，我還是覺得有點羞恥。明明已經是一把年紀的大人了，還喝醉了要人來接我回家。

而且……

先前談論過的內容——讓我不由得念念不忘。

身體灼熱，腦袋發暈。

可能是酒精作祟吧，我腦中盡想著一些奇怪的事情。

「就快到了喔，綾子小姐。」

車站眼看愈來愈近。

我愣愣地望著稍微加快步伐的他的背影，在心中對他問道。

吶，阿巧。

假使我積極地採取主動……你會露出什麼樣的表情呢？

是會吃驚？傻眼？

還是會……高、高興呢？

啊——

如果是現在，是不是就能將一切怪罪給酒呢？

無論我做了什麼、再怎麼脫軌失序，都能全部歸咎於酒——

正當我這麼暗自妄想的時候。

「啊～今天星期五，人果然好多——」

在來到鬧哄哄擠滿人潮的計程車招呼站附近時，阿巧忽然停下腳步。

他瞪大雙眼，僵在原地。

「阿巧，你怎麼了……？」

「——巧？」

這時——

一名女性帶著開朗的語氣，走了過來。

「哇～果然是巧沒錯，真的好巧喔。」

「……有紗。」

她親暱地對阿巧說話，而他也回應了。

她的名字似乎叫做有紗。

好奇妙的感覺。這或許是我第一次，聽見阿巧直呼我和美羽以外的女孩子的名字。

我——重新端詳她。

她的年紀看起來和阿巧一樣，大約二十歲左右吧。頭的兩側稍微做了時髦的編髮，衣著則是白色薄罩衫搭配亮色系裙子。一身感覺只有大學生才能做的，青春洋溢的裝扮。

可能是剛聚會小酌完吧，她整張臉紅通通的。

「感覺我們最近很有緣耶。」

「就、就是啊……」

「你剛才也在這附近喝酒嗎？」

「不，我只是來接人……」

阿巧用一副顯然忐忑不安的模樣，讓視線在我和有紗小姐之間游移。

「呃，綾子小姐……她是我朋友。」

就在阿巧吞吞吐吐地準備介紹時。

「啊哈哈，巧，你在慌張什麼啊？」

可能是酒精作祟的關係，有紗小姐大剌剌地打斷阿巧的話。

「有什麼好緊張的呢？我現在已經——不是你的女朋友了。」

「咦？」

我不禁大聲驚呼。

因為我聽見令我不敢置信的台詞。

結果可能是對我的驚呼聲起了反應吧，她轉而面向我。

「幸會，我叫愛宕有紗。」

她微微低頭致意後，用聽似困擾的口氣繼續說。

「我和巧從高中時期就認識了，如果要用一句話來形容……要怎麼說呢？我應該算是所謂的『前女友』吧。」

也許是喝醉了的關係，有紗小姐的態度一派輕鬆。

我則是腦筋一片空白。

第八章
顧慮與體貼

隔天雖然是星期六，我還是必須出門上班。

為了配合動畫化的發表進行原作的促銷活動，有許多準備工作非做不可。像是配音宣傳片、配合漫畫化一同執行的計畫等，需要做的事情不勝枚舉。

坦白說——我感到有點慶幸。

星期六因為不用實習，所以阿巧一整天都會待在家。

畢竟昨天才剛發生過那種事，和他見面實在讓人覺得有些尷尬。

就連今天早上，我也是在微妙的氣氛下離開家門。

『——啊……原來媽媽妳見過有紗姊了啊。』

午餐過後——

我坐在公司附近的公園長椅上，打電話給美羽。

因為我有件事想跟她確認。

『嗯，沒錯喔，有紗姊是——我朋友的姊姊。而且因為一些原因，巧哥在高中時曾經幫忙當過她的「假男友」。』

「……美羽妳果然全部知情啊。」

『因為這件事是我去拜託巧哥幫忙的嘛。我可先聲明，我不是故意要瞞著妳喔？我只是覺得沒有必要特地告訴媽媽這件事。』

「…………」

昨天晚上——

在那之後，阿巧向我解釋了整件事情的來龍去脈。

愛宕有紗是他高中的同班同學，這次他們在「莉莉絲塔」偶然重逢，現在一起以實習生的身分在那裡工作。

然後。

她曾經有一段時間是阿巧的「女朋友」。

話雖如此——但據說並不是真的女朋友。

『有紗姊在高中的時候，因為遭人跟蹤而感到非常困擾。那個告白遭她拒絕的男人聽說會偷偷跟蹤她回家，所以我才會拜託巧哥，要他假扮成有紗姊的男朋友，心想這麼一來跟蹤男應該就會放棄了。』

「那、那妳為什麼要拜託阿巧……？難道沒有其他人可以拜託了嗎？」

『因為他們兩人碰巧讀同一所高中又同班啊。再說妳見過有紗姊，應該知道她長得很漂亮吧？』

「…………」

她確實很漂亮。

而且年輕又活潑，擁有我所沒有的魅力。

『要是佯裝「假男友」的男人利用自己的立場去追求有紗姊，這樣不就本末倒置了？於是——我便想到去拜託絕對不會愛上有紗姊的男人。』

「……所、所以妳就拜託阿巧了？」

『嗯，因為巧哥不可能會愛上媽媽以外的人。』

美羽像在說什麼絕對真理似的斷言。

被她這麼一說……我不禁害羞起來。

『巧哥原本很不願意，但最終還是答應了。畢竟他是個好人嘛。不過，真正厲害的還在後頭。』

美羽用聽似佩服又吃驚的語氣說道。

『巧哥為了儘快擺脫假男友的身分……居然以超快速度將跟蹤狂事件解決了。』

「他、他把事情解決了？」

『沒錯。他在經過一番調查後將跟蹤的證據攤在對方面前，不過他並不只是逼對方招認而已，還認真地聆聽對方怎麼說……最後將整件事情圓滿收場。』

「他也未免太能幹了吧……」

可能是怕變成自吹自擂吧，阿巧並沒有詳細跟我說明這個部分。沒想到他居然做了如此帥氣的事情。

解決女同學的跟蹤狂事件。

什麼跟什麼啊？

簡直就是漫畫裡面的主角。

原來他在我不知道的時候，做了如此帥氣的暖男行徑？

『巧哥他……其實條件真的很好喔。不僅腦袋好又會運動，外表長得也不差，而且又是個善良體貼的老好人……要是他沒有愛上媽媽，他的桃花應該會更旺，說不定早就變成像是後宮戀愛喜劇裡的主角了。』

「……不、不要說那種話啦。」

這樣感覺好像我是壞女人似的。好像是我把本來應該要走上後宮之路的主角，引誘到奇怪的歧途去一樣。

朋友的母親之路。

……這絕對會收錄在外傳的Fan Disc裡面吧。

『跟蹤狂的事件雖然是告一段落了……不過，後來卻發生了一點小騷動。』

「…………」

『因為有紗姊她——喜歡上巧哥了。』

這方面的事情我昨天有聽說了。

阿巧毫不隱瞞地告訴了我。

『枉費我為了避免假扮男友的男人愛上有紗姊，於是特地指定巧哥來演，沒想到最後竟會是有紗姊愛上巧哥……這實在是完全出乎我的預料啊。』

這也是難免的。

看在當時的她眼裡，阿巧一定無疑是個英雄吧。

會愛上他也是很正常的事。

『巧哥當然是立刻就拒絕了，於是——這件事情就到此結束。雖然這件事我從頭到尾，都是聽有紗姊的妹妹轉述——』

頓了一拍後，美羽接著說。

『不過事情真的就只有這樣，所以沒有什麼好在意的啦。』

「…………」

『我想巧哥之前之所以沒有提起這件事，並不是因為他做了什麼虧心事喔？他應該只是覺得這件事媽媽就算知道了也不會高興，所以才沒有說。畢竟那是他曾經被其他女人告白的事情嘛。』

「……我知道啦。」

我並沒有要責怪阿巧的意思。

他沒有做任何壞事——非但如此，他還意外做出英勇之舉。畢竟為了他過去曾被告白這點小事感到嫉妒很奇怪……再說，即便阿巧以前真的交過女朋友，如今再去在意好幾年前的前女友也沒道理。

可是——

「……可、可是，我不管怎樣還是會覺得心裡悶悶的……那麼年輕漂亮的女孩子以前曾經向阿巧告白……然後她現在又跟阿巧一起實習工作……」

和前女友在職場上偶然重逢。

感覺……好像是會出現在時下電視劇中的情節。

怎麼辦？

要是他們舊情復燃了怎麼辦？

「假、假如那女孩對阿巧餘情未了，在實習過程中對阿巧展開追求……！」

『我看巧哥八成就是因為覺得媽媽可能會操這種無謂的心，才會選擇不說吧。』

「……唔！」

無視被戳中要害而哀號的我，美羽淡淡地繼續說。

『妳操心過頭了。就算萬一有紗姊做出那種事，巧哥也不可能會動心。況且，昨天他不是有好好地將媽媽介紹給對方嗎？』

「這、這個嘛……」

『嗯？』

「那個……阿、阿巧的確是有想要介紹沒錯，可是——」

一邊說，我一邊回想昨天發生的事情。

昨晚——

「——我應該算是所謂的『前女友』吧。」

在有紗小姐說了這些話，讓我的腦筋一片空白之後——

「喂、喂，有紗！」

阿巧隨即連忙制止她。

「妳在胡說什麼啊……妳又不是我的前女友。」

「啊哈哈，有什麼關係嘛，反正很類似啊。」

「誰說沒關係，根本就完全不一樣……」

阿巧露出看來困擾又煩躁的表情這麼說。

然後，他用不安的眼神望向我。

「綾子小姐……有紗是我高中時的朋友，現在和我在同家公司一起實習……總之，她不是我的前女友，其餘的我之後會再解釋清楚。」

儘管話說得支支吾吾，然而唯獨前女友這一點，阿巧非常明確地予以否定。

可是，我醉醺醺的腦袋卻完全無法理解眼前的事態。

「對了，巧，這個人是誰啊？」

有紗小姐看著我問道。

她用一臉詫異的表情，提出這個相當單純的疑問。

彷彿完全無法想像我們的關係。

彷彿絲毫沒有想到我們是情侶。

「她是——」

阿巧神情嚴肅地開口。

我知道他想要說什麼。

他一定是打算介紹我的身分吧。

想要說我們是情侶、她是我女朋友、我們正在認真交往之類的。

理解這一點的瞬間，我——

「——是、是阿姨啦！」

不知為何竟說出這種話來。

「我是阿巧的……母親那邊的親戚。他來東京實習的這段時間借住在我家。」

「咦……綾、綾子小姐……？」

「啊，原來如此。幸會，還請您多多指教。」

有紗小姐似乎毫不質疑地相信了我臨時編出來的謊言。

「我今天和公司同事出來喝酒，因為有點醉了，才請阿巧來這裡接我。男孩子真的很可靠呢。」

「啊哈哈，就是說啊～巧是個值得信賴的男人喔。」

「就是啊、就是啊。有紗小姐，請妳今後也繼續和阿巧好好相處喔。」

「沒問題，我非常樂意。」

我拚命扮演親戚阿姨，說些客套的表面話。

我不知道當時阿巧臉上是什麼表情。

因為我害怕到不敢望向他。

『唔哇，這是什麼跟什麼啊？』

美羽的語氣感覺打從心底覺得傻眼。

『妳為什麼要撒那種謊？』

「……我、我也不知道。當時……我只覺得好丟臉，不敢在那種情況下自稱是阿巧的女朋友。」

我想，我應該是輕微陷入恐慌了。

原本就因為喝醉導致思考能力變遲鈍的我，又忽然得知「前女友」這個意想不到的消息。

因為尚未聽說關於假男友作戰的詳細說明，於是我一時忍不住心想對方或許真的是前女友——而阿巧以前喜歡這個女孩……結果就做出連我自己也覺得莫名其妙的事情來。

「……突然聽到『前女友』這個詞，而且對方還是時下年輕又漂亮的大學生……反觀我則是年過三十的大嬸，一副下班後買醉還要人家來接我的窩囊樣……在這種情況下要我說『我是他現在的女朋友』，這樣實在有點……」

『喔～所以妳就逃走了。』

「我、我才沒有逃……」

『妳就是逃走了。妳覺得身為女人，自己輸給對方了，對吧？』

聽到美羽連珠炮地這麼說，我無言以對。

我想——我的確是逃跑了。

我逃離了許多事，還隨便扯謊敷衍過去。

面對意外的突襲，我臨陣脫逃。

因為覺得自己贏不了，於是選擇了不作戰這條路。

儘管我的腦袋明明很清楚，這根本沒什麼好爭輸贏的。

『我想巧哥受到的打擊一定很大。』

「唔……就、就是啊。」

我真的好對不起他。

枉費我在交往前就已經下定決心。

如今——卻為了前女友這點小事心生動搖。

再怎麼沒用也該有個限度。

『即使有紗姊真的是前女友，媽媽也沒有必要慌張啦。因為巧哥現在的女友是媽媽。』

「……嗯。」

『不過話說回來，巧哥根本就不可能會有前女友嘛。因為他是個對媽媽專情到可笑，一直以來都只喜歡媽媽一人的男人。』

美羽以帶著苦笑，同時又感覺莫名自豪的語氣說道。

『反過來說——巧哥眼中的媽媽，是一個迷人到足以讓他持續愛慕十年的女人喔。所以，媽媽妳就更自信一點，拿出憮然的態度來吧。』

「……嗯，謝謝妳，美羽。」

我這麼道謝。

「不過，妳把『憮然』和『毅然』的用法搞混了，這是很常見的誤用喔。『憮然』應該是『失望、灰心』的意思才對。」

之後又加上了注釋。

『唔……不、不要用編輯的口吻吐槽我啦！』

美羽難為情地大喊。

看樣子，在好比說出經典台詞之際被人糾正，讓她感到很不好意思。早知道我就當作沒聽到了，但就是忍不住職業病發作。

『唉……真是的，沒想到媽媽還挺有精神的嘛。』

「啊哈哈，和妳聊過之後，我就稍微恢復精神了。」

不僅恢復了精神——而且也回想起來了。

回想起交往前抱定的覺悟。

回想起在美羽面前展現的決心。

幾個星期前的暑假——

當時，我誤以為美羽喜歡阿巧——我卻還是想要跟他交往。

決定即便他是女兒的心儀對象，我還是不想把他讓出去。

雖然最後發現一切只是誤會一場——但是，當時的決心絕無虛假。

我真沒用。

我得振作起來才行。

回想起來吧。

回想起當時的決心，牢牢地刻在心上吧。

沒錯。

我可是不惜和女兒對抗的女人喔？

既然如此——我是不會輸給區區假女友的。

♠

『——關我屁事啊？你高興怎麼做就怎麼做啊。』

冷淡的回答從電話另一頭傳來。

東京的公寓——

獨自簡單用完午餐後，在開始做剩下的家事之前——我打了通電話給朋友聰也。

我本來抱著姑且一試的心態想跟他商量綾子小姐的事情，豈料他的回答卻比預期中還要尖酸刻薄。

「說什麼關我屁事……」

『我現在沒心情跟你扯那麼多，因為重新提交報告的期限就快到了……啊真是的，一切都是巧你去東京害的啦。』

聽也大大地嘆氣。

『因為你從九月起就不在了，所以我也打算開始自立自強，努力獨自完成報告……結果誰知道交出去的報告馬上就被退回，必須重新提交。明明我以前只要和你上同一堂課，和你一起念書、一起交報告就沒事！』

「那又不是我的錯。」

你也太會推卸責任了吧。等等，就某種意義上來說，這或許是至今一直對聽也太好的我的責任？

『總之我現在很忙，拜託不要為了無聊的小事打給我。』

「哪、哪裡無聊了，我可是很認真……」

『就是很無聊。不對，應該說簡直莫名其妙。你到底在煩惱什麼啊？』

「就是……讓綾子小姐感到不愉快這件事啊。」

我始終忘不了。

昨晚——

有紗自稱是我的「前女友」時，綾子小姐臉上的表情。

唉，我到底在做什麼啊？

早知如此，我一開始就把有紗的事情全部說出來了。都怪我猶豫不決隱瞞了這件事，最後才以最糟糕的形式曝光。

對此，我感到滿心愧疚，然而——

『那種事情一點也不重要。』

聽也卻一副由衷感到鬱悶地，將我的煩惱一腳踢開。

『你又沒有做什麼壞事，根本不需要煩惱那麼多。和假的前女友偶然重逢又怎樣？既然你沒有做虧心事，那只要坦蕩蕩地去面對就好了啊。』

「……呃，可是我的確有做錯的地方啊。因為說到底都是因為我處理得不好，才會害綾子小姐感到不愉快——」

『就跟你說別再說那種話了。』

聽也的口氣變得強硬。

『你老是用那種小心翼翼的態度對待綾子小姐，這樣她很可憐耶。』

「……！」

『你又不是劈腿被抓到，幹嘛慌張成這樣啊？』

他用打從心底覺得傻眼的語氣接著說。

『你心裡或許會想「我不想傷害綾子小姐一分一毫」，可是被那樣顧慮東、顧慮西的，對方反而會覺得困擾耶。這種行為根本不是溫柔——不過是害怕罷了。』

大概是報告的繳交截止日將近讓他情緒激動吧，聰也的發言比平常還要更不留情。

又或者和截止日無關——單純是因為我太沒用了也說不定。

強烈的譴責言論一再刺痛我的心。

『……不過話說回來，其實我也能夠體會你的心情啦。對你而言，綾子小姐是你長年愛慕的理想女性，如今好不容易能夠和那樣的女性交往，自然會小心再小心以免惹對方不高興……那種想要不辭辛勞地付出，把對方當成公主伺候的心情我也懂。』

『可是——』聽也繼續說。

『綾子小姐不是高高在上的人——她現在就在你身邊喔？』

她不是住在城堡裡的公主，而是現在和你住在同個房間裡，不是嗎？

接著。

聽也這麼說。

『你也差不多該從單戀的心境中畢業了。』

「……說得也是。」

我用力點頭。

「你說的一點都沒錯。抱歉找你商量這麼無聊的事情。」

『不用放在心上啦。不過嘛……如果你有心想要答謝我，也是可以從現在開始幫我寫報告啦……？』

「我又沒上那堂課，是要怎麼幫你寫報告啦？」

『……也對。那你就祈禱我順利過關吧。』

「好，我會盡全力替你祈禱的。」

講完電話之後——

我深深地坐在沙發上，仰天嘆息。

「……小心翼翼的態度啊。」

我並非有意那麼做。

但是，看在旁人眼裡或許就是如此吧。

自以為是在珍惜對方——但實際上並沒有真正地面對她。

我沒有將綾子小姐當成戀人信任。

「……可惡，我到底在做什麼啊？」

看樣子，我始終沒有脫離單戀的心境，卻渾然不知。

枉費我因為無法忍受只是默默喜歡而向她告白——我明明是因為不想把她交給其他人，才一直希望她能夠當我的女朋友。

然而……等到真的交往了，我卻只能提心吊膽、小心翼翼地對待她。

擅自尊敬，擅自謙卑。

擅自矮化自己，擅自決定對方的地位在我之上。

這麼一來……跟以前單戀時根本沒有兩樣。

現在的她，已經不是我過去憧憬的單戀對象。

既不是女神也不是公主——而是今後必須一起並肩同行，地位與我對等的伴侶。

「我得畢業才行了。」

畢業吧。

徹底脫離長達十年的單戀。

♥

那天晚上——

我們在晚餐前開啟了一場對談。

沒有人主動提出這個主意，而是自然而然發展成這樣。

「「…………」」

我們在客廳裡隔著桌子相對而坐，尷尬的沉默籠罩四周。

「那個。」「你聽我說。」

過了一陣子，兩人的說話聲同時打破沉默。

「啊，對不起，綾子小姐妳先說。」

「沒、沒關係，還是阿巧先說吧」

經過一番禮讓推辭，我倆又陷入短暫的沉默。

「……那就由我先說吧。」

之後阿巧這麼開口，並且稍微端正了坐姿。

「綾子小姐……很抱歉沒有把有紗的事情告訴妳。」

阿巧深深地低頭致歉。

「要是我一開始就把一切都說出來就好了……都怪我想來想去還是選擇不說，才會害妳產生不信任感。」

「沒、沒關係啦，我知道阿巧你會這麼做都是因為替我著想。」

「……不是那樣的。」

阿巧露出像在忍受痛楚般的表情，接著說下去。

「我原本的確自以為是在替綾子小姐著想，可是到頭來……我其實只是害怕而已。」

「害怕……？」

「我怕自己會被綾子小姐討厭。」

「…………」

「終於可以和我一直喜歡的綾子小姐交往，我真的覺得好幸福……所以，我想要盡可能避免任何負面的事情，不希望綾子小姐對我的好感度有絲毫下降。所以……我才會選擇逃避而不去好好地面對。無論是對有紗，還是綾子小姐都是。」

「…………」

我暗自回想。

回想這一星期來的同居生活。

阿巧——始終非常溫柔。

溫柔且完美到幾乎過了頭的地步。

他一邊完成照理說應該不習慣的實習工作，一邊幫忙做家事、煮飯，拚命支援我，好讓我能夠專心在工作上。

那樣的他，可能是所有女性心目中夢寐以求的「理想男友」吧。

可是。

那份完美——卻說不定和不安互為表裡。

因為害怕被討厭，才會扮演出過度完美的形象。

「好不容易可以交往了……但我還是跟單戀的時候一模一樣，覺得所有事情都必須由我來扛……可是——我決定不再那麼做了。」

阿巧這麼說。

一面直視著我的雙眼。

「綾子小姐，愛宕有紗是我高中時期的朋友，她以前曾拜託我假扮男友，後來又向我告白。我們之間雖然發生過許多事……不過我對她完全沒有感覺。我喜歡的，從以前到現在都只有綾子小姐一人。」

阿巧不假修飾、直截了當地說。

說出讓我聽了感到難為情的熱烈情話。

「接下來，我會繼續和有紗在實習的公司相處，但是我對妳絕無二心。應該說，我不可能會移情別戀，請妳務必相信我。」

「……嗯，我知道了，我相信你。」

我自然而然地這麼說。

不是逞強也不是顧慮他的心情，而是由衷相信他的話。他坦蕩蕩的態度，給了我十足的安心感。

阿巧彷彿放下心中大石般笑了。

「……我真的應該一開始就這麼說。這麼一來，事情就不會變得如此麻煩了。」

「就是啊……可以的話，我也希望你能夠一開始就告訴我。」

「……對不起。」

「別這麼說，畢竟……我也沒有資格說別人。」

這次輪到我了。

這麼說完……

我也端正了坐姿。

「對不起，我不應該騙有紗小姐說我是你的阿姨。」

「……………」

「當時突然聽到『前女友』這幾個字，我整個人都慌了……但是這也不構成撒謊的理由，對吧？其實……我也很害怕。害怕跟有紗小姐這樣的年輕女孩競爭。」

比我年輕整整十歲的可愛女大生。

和阿巧……似乎有著某種關係的女孩。

我不敢在那樣的她面前，大方自稱是阿巧的女朋友。

於是我隨口撒謊，試圖敷衍過去。

「因為我覺得自己贏不了對方，也不想被拿來跟對方比較……我很蠢吧？這種事情明明沒什麼好爭輸贏的。」

「綾子小姐……」

「阿巧你也受到打擊了，對不對？」

「不，我……」

阿巧原本反射性地想要替我說話，卻突然停頓下來。

「……是啊。」

沒一會，他垂下視線，點點頭。

「其實我希望妳能夠老實說出來。因為……我很想要向有紗介紹，妳是我正在交往的女性。」

「……嗯。抱歉喔，我以後不會再逃避了。無論對方是誰，我都會抬頭挺胸地表明『我是阿巧的女朋友』。」

我說道。

定睛直視著前方。

「我決定要對自己更有自信一點。」

其實我根本沒有自信。因為我已經一把年紀了，又是這麼大歲數才第一次談戀愛，還老是在關鍵時刻把事情搞砸。

但是——我決定不再像這樣逃進自虐中。

「因為，雖然我是這樣的一個人……但是阿巧喜歡這樣的我啊。」

我決定相信對方而不是自己。

相信喜歡了我十年的阿巧。

如此一來——我就會變得也能夠相信自己。

「沒錯。」

阿巧開口。

「我這十年來之所以能夠一直喜歡綾子小姐……呃，雖然有一部分是因為我有輕微的跟蹤狂傾向——不過最大的原因，還是因為綾子小姐是一位出色的女性。」

「……！」

「是因為綾子小姐真的很迷人，我才會單戀了妳整整十年。」

啊——

我的心猶如著火般發熱，並且逐漸被填滿。

真是的……阿巧老是這樣。

儘管謙虛的他對自己的評價很低，偶爾還會因此心生不安——但是。

唯獨在訴說對我的情意時，他總能自信滿滿，讓我都不禁害羞起來。

「……真是的，你太過獎了啦。」

「不，我沒有過獎。」

「既、既然你這麼說，那你也一樣喔。你也是個帥氣迷人到讓像我這麼出色的女性……忍不住喜歡上的男人。」

「才、才沒有這回事呢。我才沒有這麼了不起。」

「誰說沒有？你就是有這麼了不起。」

「……這麼說來，綾子小姐就是既可愛又美麗，讓如此帥氣的我也不禁愛上的女性了。」

「這、這樣的話，阿巧就是讓如此可愛又美麗的我打從心底深深愛上、誠懇又有男子氣概的男人——……！」

「……！」

不小心就你一言、我一語爭論起來的我們同時回神。

發現我們兩人正在做多麼丟臉的事情。

「我們到底在爭什麼啊……」

「就是啊……剛才的爭論感覺怪噁心的。」

「……呵呵！」

「啊哈哈。」

一陣尷尬之後，我們不約而同笑了出來。

溫暖而平靜的感受將我倆填滿。

吐了口氣，我接著說。

「……看來我們都太顧慮彼此了呢。」

初次的交往。

突如其來的同居。

兩個人彼此顧慮，擅自感到不安。

明明是一起生活，雙方卻都各自演著獨角戲。

「我們得更坦然地……表達出自己的想法才行。」

不過度矮化自己，也不過分美化對方。

必須以對等的立場去面對彼此。

因為雖說只有三個月，我們仍要一起生活。

因為說不定未來——有朝一日我們會成為一家人。

只憑藉好比愛上談戀愛般的心情，是不可能走得長久的——

「阿巧，自從開始同居之後，你就願意為了我做任何事情，這一點讓我非常開心……可是，你千萬不要太勉強自己喔。」

「勉強……我不覺得我有在勉強自己啊，因為我是心甘情願那麼做的。我一點都不覺得痛苦，反而還覺得很有價值。」

「我、我不是那個意思……那個，我是說……」

儘管害臊，我仍下定決心說出口。

明確說出心中的想法。

「希、希望你能多向我撒嬌啦！」

他聽了頓時目瞪口呆。

我一邊忍受羞怯之情，努力說下去。

「阿巧你很狡猾耶……老是把我寵上天……但是其實……我也想要多寵愛阿巧一點啊。」

希望他多跟我撒嬌。

想要多多寵愛他。

希望他多跟我耍任性。

希望他對我更加更加更加更加——渴求。

「雖然可能是因為我缺乏包容力才會這麼抱怨……不、不過就算是這樣，阿巧你也太無懈可擊了吧！衣服脫了都不會亂扔，注意到時已經把浴室的排水溝清好了，就連廁所的衛生紙沒了也會立刻補上……世上怎麼會有如此優質的帥哥啊？你稍微展現馬虎邋遢的一面又沒關係！」

「咦？呃……」

阿巧滿臉困惑。這也難怪了，畢竟我的抱怨幾乎像是在找碴。

「我雖然也想撒嬌……可、可是男人黏踢踢地跟女友撒嬌，這樣不會感覺很遜嗎？」

「才、才沒有這回事呢！女人反而……會在男人無意間展現脆弱一面時怦然心動，甚至產生一絲『真是的，這個男人果然沒有我不行』的念頭。」

……等等，我在說什麼啊？

我好像說得有點太赤裸了。

「總、總之……請你不要勉強耍帥，大可多多向我撒嬌沒關係。這樣……嗯，我也會覺得開心。」

「知、知道了。」

阿巧動作生硬地點頭。

「我會努力變得更撒嬌的。」

「這種事情不需要努力啦……」

他老實的回答讓我不禁苦笑。

「呃，不過綾子小姐也一樣喔。請妳不要勉強，有什麼希望我做的事情就儘管開口。」

「……嗯，我知道了。」

然後──

我說道。

「那麼阿巧──我可以現在就拜託你一件事嗎？」

第九章
宣言與誤會

第九章
宣言與誤會

隔天——

星期天的下午。

我和阿巧前往車站前的咖啡店，選了位在店內深處、很難被其他客人看見也不容易被聽見對話內容的位子坐下。

幾分鐘後，約好見面的對方也來了。

愛宕有紗小姐。。

她今天也是一身與年紀相符的大學生裝扮。

是我所無法駕馭的年輕打扮。

和前天晚上相比，她今天看起來要有禮貌且穩重許多。

看樣子，之前她果然是因為喝醉了才會那麼嗨。

「……呃，這、這是真的嗎？」

大致聽完我們的說明之後，有紗小姐面露驚色。

她用一副完全不敢相信的表情，來回看著我和阿巧。

「歌枕小姐……是巧現在的女朋友？」

「是真的。」

我開口回答。

一面在桌子底下握緊拳頭，定睛注視著對方。

我拚命壓抑想要敷衍逃避的心情，不去在意對方像在說「真假？巧正在和這種大嬸交往？」的眼神，因為那一定只是我的被害妄想。

沒問題的，我已經不害怕了。

因為值得信賴的男友就陪在我身旁。

「幸會，我叫歌枕綾子。我今年3×歲，是有一個正在就讀高中的孩子的單親媽媽。」

聽到我坦白說出個人資料，有紗小姐稍微瞪大眼睛。

她大概是對我有小孩這件事感到驚訝吧。

「我和阿巧……巧正在認真交往。」

「…………」

「很抱歉之前騙了妳。」

「不會……」

儘管還一副驚魂未定的模樣，有紗小姐仍微微搖頭。

「我、我才……應該道歉才是。我現在超驚訝的……不過說自己很驚訝，好像也有點失禮喔……」

「不，不要緊的，會有這種反應很正常。」

「之前妳說自己是親戚阿姨……」

「那是騙妳的。我是阿巧的鄰居，不是親戚。」

「那你們現在住在一起這件事……」

「這是真的。因為我也要在東京工作一陣子，所以我們現在住在同間屋子裡。」

「……原來是這樣啊。」

有紗小姐露出鬆了口氣的表情，但臉上隨即又浮現罪惡感。

「那、那個，我真的感到很抱歉！我不知道你們正在交往，還隨便說出『前女友』這種話……那全部都是騙人的！其實我們並沒有交往過……啊真是的，我怎麼會說那種話啊……？」

「沒、沒關係啦。」

我急忙安慰一臉愧疚的有紗小姐。

「妳完全不需要把這件事情放在心上，況且阿巧也已經跟我解釋清楚了。」

說完我對阿巧使了眼色，他於是點點頭。

接著他面向有紗小姐，微微低下頭。

「抱歉，我已經把我們的事情告訴綾子小姐了。」

「……不會啦，你不用道歉。說起來，都怪我不該隨便亂說話，我反而要謝謝你幫忙解釋。」

之後，她目不轉睛地看著我們兩人。

「……啊哈哈，好不可思議喔。我起初還嚇一大跳……但是聽你們說完之後，不知為何就覺得你們兩人很登對。」

她輕輕吐氣，露出沉穩的笑容。

「其實前天見面的時候，我就覺得有點奇怪了。因為你們兩人之間的距離感以親戚來說，感覺有點過於親密。」

她依舊帶著柔和的微笑。

「巧，你還記得嗎？」

望著阿巧問道。

「你當初拒絕我的告白時，說你已經有喜歡的人了，對吧？」

「是啊。」

「那個人……該不會就是歌枕小姐吧？」

「……嗯，沒錯。」

阿巧有些羞赧地回答。

「我從當時就一直喜歡綾子小姐。」

「這樣啊，原來那是真的……」

有紗小姐露出尷尬的苦笑。

「老實說……我當時並不相信你的話，覺得自己被你用老套的台詞拒絕了。因為你在學校完全沒有女人緣，也很少看到你和女孩子說話，所以我一直以為你是為了讓我死心，才會用常見的理由敷衍我。」

「……原來妳是這麼想的啊。」

「不過──原來那是真的啊。原來你是真的有喜歡的人。」

有紗小姐泛起開朗的笑容說道。

「啊哈哈，我現在覺得好開心喔。原來我不是被隨便甩掉，而是被真心誠意地拒絕啊。呵呵，感覺那段回憶變得比較美好了耶。」

那副笑容是如此平靜且滿足。

彷彿打從心底因為得知失戀的真相而感到喜悅。

「……有紗小姐，我想問妳。」

對著那樣的她──我開口了。

非說不可。

即便這麼做像是在傷口上撒鹽，我也必須下定決心說出來。

「妳──現在還喜歡阿巧嗎？」

「……咦？」

有紗小姐一臉困惑地愣住了。

「啊，抱歉問了這種怪問題。妳不用回答沒關係，因為無論有紗小姐妳怎麼回答──我想說的話都一樣。」

「請問……」

「有紗小姐！」

她好像想說些什麼，然而我搶先一步開口。

用盡全力將心中熾烈的情感吶喊出來。

今天，我拜託阿巧讓我跟有紗小姐見面的理由。

一是想要為前天的謊言道歉和自我介紹。

另一個則是──

「我是絕對不會把阿巧讓給妳的！」

宣戰宣言。

我想要當面向她表達我的決心。

「不管妳在想什麼、想做什麼……我都絕對會和阿巧繼續交往下去，不會把女友的位子讓給別人。我會竭盡所能地緊抓不放，堅持守護女友寶座到底。」

「…………」

有紗小姐的表情變得不知所措。

這時，一旁的阿巧慌了。

「那個，綾子小姐……」

他急急忙忙地想要插嘴。

「阿巧你安靜，這是女人之間的問題。」

然而我嚴厲地制止了他。

已經停不下來了。

誰也阻止不了下定決心的我！

「我已經聽說你們高中時代的事情了。阿巧他……好像在我不知道的時候，做了非常帥氣的事情呢。我很了解妳雖然一度被甩，仍無法徹底死心的心情。也非常清楚那種已經過了好幾年，卻還是難以放下的感受。」

「那個……」

「啊，妳不用開口沒關係，我明白妳想說什麼。沒錯，我的確……是已經年過三十的大嬸了。不僅差點就要成為昭和人，還有個在念高中的小孩，也已經到了會有點在意體型的年紀……反觀妳則是青春有活力的大學生……就一般世人的觀點……不管怎麼想，都會認為妳身為女人的市場價值比較高，十個男人恐怕有十個都會選擇妳吧。我認為這種想法很正常。即便是我，如果我是男的，比起那種有小孩的大嬸，我應該也會想跟年輕的大學生交往。」

「呃……」

「可是！儘管如此，阿巧還是說他覺得我比較好！」

揮灑熱情，大聲呼喊愛。

揮灑激情，大聲訴說愛。

無限湧現的愛情力量化作無敵的原動力，驅使著我！

「無論妳展開多麼熱烈的追求，我也相信阿巧絕對不會動搖。萬一假設他稍微動搖了，到時……我、我也會使出渾身解數誘惑阿巧，把他搶回來！」

奮戰吧。

戀愛不是兩個人交往就結束了。

交往後故事依舊會持續下去。

而那則故事——必須努力維持才行。

努力維持男友的身分，努力維持女友的身分。

以及為了維持人生伴侶的身分而努力。

不可以將能夠與最愛之人結合的奇蹟視為理所當然，放心地鬆懈下來。

「我是阿巧的女朋友，今後也想和阿巧永遠一起活下去。所以……我是絕對不會輸給妳的！」

我說了。

將想說的話全部說出來了。

出其不意地，使出全力發出宣戰宣言。

這想必會成為我、她、阿巧，這段三角關係的序章吧。

如果要命名，大概會是〈偽前女友激鬥篇〉？

現任女友和偽前女友爭奪一個男人，糾葛難解的三角關係。

無論有多麼糾葛難解，我也絕對不會輸。

即便會把自己弄得狼狽不堪，我也要全力奮戰，保住阿巧女友的位子……！

聽了我這位現任女友的宣戰宣言，有紗小姐的眼中也燃起熊熊愛火——我才這麼心想。

「……啊、啊哈哈。」

就見到她神情困窘地露出僵硬的笑容。

另一方面，阿巧則是……一手按住額頭，低下臉來。他滿臉通紅，好像很難為情似的。

奇、奇怪……？

氣氛怎麼怪怪的？

感覺好像……我說錯了什麼話一樣……

「呃──」

沒一會，有紗小姐開口。

一副難以啟齒的模樣。

「其實……我現在有男朋友。」

「──是的，我是和在大學的新生迎新會上認識的學長，自然而然地在一起……目前已經交往大概兩年了。」

「其實前天我也是和男友一起去喝酒啦。我遇見你們兩位時，我男友正好去上廁所。」

「我們雖然有時也會吵架……不過感情還滿好的。因為對方已經在工作了，所以我們最近也開始在考慮同居的事情。」

「因此……我現在並沒有想要跟巧怎麼樣……」

「……不、不過，我當時是真的很喜歡巧喔？因為他替我解圍，看起來是那麼的帥氣……而且被甩的時候，我也確實打擊挺大的……但是，那些真的都已經是過去式了……況且過了這麼多年，我也早就放下了。」

「呃……請妳放心，我已經對巧完全沒有意思了。我是說真的，他真的就只是我以前喜歡過的男生而已。」

仔細地將事情解釋過一遍後，有紗小姐離開咖啡店。

為了聊表心意，我替她出了飲料錢。

我非出不可。

因為我得為了突然把她找出來……又將她捲入無聊鬧劇一事致歉。

「「…………」」

被留在原地的我們，籠罩在一股難以言喻的氣氛之中。

我羞愧到只能低著頭，用雙手摀住臉。

不久，像是難以忍受尷尬的沉默一般……

「感、感覺起來——」

阿巧開口。

「變得好像是我被甩了耶。」

「…………」

「我明天開始還得跟有紗一起實習……我究竟該拿什麼臉去見她啊？」

「……抱歉！真的很對不起！」

唔哇啊啊啊，好丟臉！

我到底做了什麼啊？

難得的氣勢換來了一場空！

決心變成了無意義的失控！

太丟臉了！要是這裡有洞，我真想立刻鑽進去！

「綾子小姐，妳這次真是誤會大了。」

「因、因為……我還以為有紗小姐對你餘情未了嘛。」

這個想法真是天大的誤會。

看來，有紗小姐早就放下阿巧了。

她似乎和現在的男友感情融洽……完全沒有打算介入我們的關係。

根本不會發生什麼三角關係。

〈偽前女友激鬥篇〉尚在企畫階段就宣告終止了。

「話說回來……阿巧，你早就知道有紗小姐有男友了嗎？」

「是啊，實習第一天我就聽說了。」

「那你為什麼不告訴我？」

「因、因為我覺得沒必要特地提起這件事……而且一開始我就沒有跟妳說有紗的事情，然後這兩天又被其他事情耽擱……」

阿巧似乎不是有意瞞著我。

我很清楚這一點。

清楚歸清楚……但拜託你還是說出來吧……！

因為我的心理狀態會因為她有沒有男友而截然不同！

阿巧這個人果然……儘管誠實耿直，卻有點搞錯方向了。

他不太懂女人心裡是怎麼想的……！

「……嗚嗚，好丟臉，簡直丟臉死了。有紗小姐的表情一看就知道很傻眼。她心裡肯定在想『這個大嬸怪透了』。」

我究竟在做什麼啊？

居然擅自將根本不是對手的對象視為對手、燃起敵意，然後還發出宣戰宣言。

對不起。

我真是愧對有紗小姐、阿巧，以及全世界……！

「請、請打起精神來。」

大概是不忍見我被達致死量的恥辱折磨吧，阿巧開口鼓勵我。

「那個，雖然丟臉……但是我很開心喔。因為綾子小姐願意大方宣告妳是我的女朋友。」

「阿巧……」

「不過，我還是希望妳以後能夠低調一點。」

「……嗯，抱歉，我以後不會再犯了。」

見我再度道歉，阿巧嘻嘻發笑。

臉上紅暈總算褪去的他，舉杯喝完剩下的飲料。

「不過……我還是覺得有些遺憾耶。」

然後輕聲嘆道。

「遺憾什麼？」

「遺憾有紗沒有喜歡我。」

「……咦？」

「要是她還喜歡我，企圖從綾子小姐身邊把我搶走……這樣或許比較好。」

「什、什麼……」

不會吧？

這麼說來……莫非阿巧對有紗小姐——

「因為——」

他用有些不懷好意的表情，對內心不安急速膨脹的我說。

「到時綾子小姐就會使出渾身解數誘惑我了對吧？」

「…………」

我頓時愣住。

遲了一會……我才發現自己被捉弄了。

「我好想看看綾子小姐使出渾身解數誘惑我的樣子喔～」

「你、你在胡說什麼啦，真是的！我才不要哩！我只是一時衝動才那麼說，那只是一種誇飾手法啦！」

「這樣啊，真可惜。」

「……再說就算要誘惑，我也已經快沒招了呀。我都已經讓你看過我穿泳裝、女僕服，甚至是裸體圍裙的裝扮了……接下來還能怎麼做？」

「比方說……兔女郎之類的？」

「～～！我、我才不要！我怎麼可能會扮成兔女郎！」

「妳這是欲擒故縱嗎？」

「才不是！我的意思不是要你『快來對我死纏爛打』！」

大大吐槽一番之後，我深深吐了一口氣。

之後，阿巧拿起發票從位子上站起來。

「好了，差不多該回去了。」

他這麼說。

「……嗯。」

我暗自玩味他的話，然後點點頭。

回去吧。

回去我們的家。

回去我和阿巧現在一起生活的家——

走出咖啡店後，我倆自然而然地牽起手來。

「對了，我們好像應該去買晚餐的食材耶。」

「嗯，就這麼辦吧。不過……我們有決定好今天由誰下廚嗎？」

「我想過了，今天就我們兩人一起做飯吧。」

「啊，這樣不錯耶！感覺一定會很好玩！」

「那就這麼決定了。再來就是想要煮什麼……」

「這個嘛……你覺得包餃子如何？之前我在電視上還是哪裡看過，說夫妻或情侶一起包餃子來吃很有趣。」

「餃子不錯耶。」

「那就決定吃餃子嘍。呵呵，要包什麼內餡好呢～」

「我想要有脆皮。」

「啊～好耶，這個點子太棒了，那就做成脆皮餃子吧！」

我們一面聊著無聊瑣碎的日常話題，一面走在東京的街頭上。

兩人一起，手牽著手。

我是不知道這樣的我們看在旁人眼裡感覺如何，然而，我的心卻逐漸被溫暖而幸福的感受所填滿。

我能夠真切地感受到，和他一起生活的踏實感。

終章

♠

夜晚。

結束歡樂愉快的雙人餃子派對之後——

「……呼～」

我獨自泡在浴缸裡。

因為綾子小姐說「我有點事情要做」，於是我就恭敬不如從命地先來享用剛燒好的洗澡水。

拜關於有紗的問題圓滿解決之賜，此刻我的腦袋神清氣爽——

並沒有。

反而完全相反。

悶悶不樂。

心情煩悶的我苦惱不已。

感覺正是因為一個問題解決了，才使得另一個我之前一直不去正視的問題清晰地浮現出來。

「……是不是差不多可以了呢？」

我正在煩惱的——要怎麼說呢……是肉體關係的事情。

是不是差不多可以試著邀約了？

是不是差不多可以試著要求了？

我獨自苦悶地在煩惱這種事。

如果要我說實話……其實我可以說自從開始同居就一直感到苦悶。

綾子小姐在同居期間展現出的各種面貌是那麼地迷人又性感，讓身為男人的我不禁對她產生非分之想。

好想、好想占有她。

想要和自己深愛的女人合而為一。

這些日子以來，我始終為無從排解這份慾望所苦。

「……啊，可惡，我為什麼要說那種話啦？」

同居第一天的晚上。

我說，我會等到綾子小姐做好心理準備為止。

我並不後悔做出這番發言。當晚我所說的話千真萬確，更重要的是，面對神情怯懦的綾子小姐，我不可能做出勉強逼迫她的事情來。

可是——

這番發言……卻也讓難度變得超高。

我搞砸了啦。

既然一開始說了那種話……自然好一陣子都不可能由我主動提出要求。要是我出手，對方肯定會說「咦？你之前明明說得那麼好聽，結果現在是怎樣？」。

於是從同居第一天起，我就開始了忍耐的日子。

剛洗好澡的模樣、穿睡衣的模樣、不小心撞見的更衣畫面，以及不經意的走光……我一直在和各種誘惑對抗。即使面對散發致命吸引力的完美肉體，我仍將沸騰的慾望隨著唾液一起強吞下肚。

後來，我因為在實習時遇見有紗而變得沒心思煩惱那些——但是既然那件事情已經解決，我就必須再次去面對這個問題。

應該說。

在經過和有紗的事情之後，我有了想要稍微改變想法的念頭。

「…………」

綾子小姐說過。

說希望我不要勉強。

說希望我多跟她撒嬌。

感覺這次都是因為我顧慮太多，才會讓一切到頭來白忙一場。因此，我想要改掉自己太尊重對方，動不動就謙卑、顧慮過頭的壞習慣。

可是——

依照這個邏輯來想……我一直不對綾子小姐出手，是否也是在勉強自己去顧慮對方呢？

因為她是我心目中最重要的女性，所以我想要謹慎處理這方面的事情不想馬虎行事。

想要真誠以待。

這份心情絕無虛假。

但是……說到底，這會不會也是一種顧慮呢？

會不會看似是在體貼她，實際上卻只是在自我滿足呢？

假使綾子小姐其實也想馬上跟我結合——

「不，不可能。不可能……對吧？」

綾子小姐不可能會這麼……等等，可是我聽人家說女性也會有性慾，甚至女性的性慾會從三十歲開始邁入巔峰。

說到這裡，今天……餃子裡面沒有放大蒜。

因為綾子小姐說不要放。

難道她是因為期待今天等一下……會發生那種事情，才會特地保持口氣清新嗎——

「……啊，我不知道啦～」

想不通。完全想不通。我的戀愛經驗太少，無法理解女人這方面的心理。這個問題對一個始終保持童真的男人而言太費解了。

悶悶不樂、思緒陷入膠著的我，決定姑且離開浴缸。若再繼續泡下去可能會頭暈。

我坐在椅子上，開始清洗身體——就在這時。

啪咚一聲。

浴室摺疊門的另一頭，傳來開關盥洗室門的聲音。我回過頭，見到綾子小姐模糊的身影出現在毛玻璃的另一頭。

她好像進到盥洗室來了。

大概是來拿東西吧。

然而，綾子小姐卻有一陣子定在原地動也不動。

我狐疑地觀察她好一會，才見到她開始蠢動起來，但是光憑影子實在看不出來她在做什麼。

心想一直盯著看也很失禮，於是我重新面向前方，把手伸向洗髮精。我是屬於一開始先洗頭的那一派。

「阿、阿巧……」

就在我準備按壓洗髮精的前一刻，綾子小姐從毛玻璃的另一頭呼喚我。

「什麼事？」

聽見我反問，她這麼說。

以流露出緊張與羞恥的尖細聲音，清楚明白地說道。

「我、我可以跟你一起洗嗎？」

不懂這是什麼意思。

我還以為自己聽錯了。

因為——綾子小姐不可能會說這種話。

可以一起洗嗎？

她不可能會對我說這種像在作夢一般的話。

「咦？咦、咦咦？請問，妳、妳剛才說……」

「……我要進去嘍。」

不等我回答，綾子小姐便逕自這麼說。

喀啦聲響起，這次換成浴室的摺疊門開啟。

然後，我不由得屏息。

「——!」

綾子小姐把衣服脫了。

話雖如此，但倒也不是全裸。

裹在身上的浴巾確實遮住了私密部位。

但是，她那嬌媚的肉體並沒有因為被一條薄布遮蓋而失去破壞力。豐滿的胸部即使被浴巾纏繞仍顯巨大，甚至反而還讓深邃的乳溝更加突顯。明顯的腰身和突出的臀部描繪出性感曲線，雪白的大腿從浴巾底下顯露出來。

「等等……妳、妳在做什麼啊，綾子小姐……!」

坐在椅子上的我一邊大叫，一邊急忙轉身背對她。

因為我不敢一直凝視那具只裹了一條浴巾的肉體——更重要的是，現在的我一絲不掛。我不能讓她看見我的身體前側。

可是，我馬上就注意到一件事。

這裡是浴室，正面有鏡子。

雖然蒸氣讓視野變得有些模糊，但我仍能清楚看見她的臉。

「我、我想幫你刷背。」

「刷背……」

「雖然因為太臨時，沒辦法扮成兔女郎，不過我還沒有這樣替你服務過對吧？」

即便透過鏡子，我仍能清楚看見這麼說的她滿臉通紅。儘管她拚命故作平靜，然而她此刻想必是強忍著巨大的羞恥感站在這裡。

我想她現在一定非常難為情。

但是——在她布滿緊張的眼眸深處，卻散發出強烈的光芒。

彷彿已下定決心般的覺悟之光——

「……我不會再逃避了。」

綾子小姐說。

「我不會逃避，也不會再顧慮。想做的事情、希望你做的事情，我都會明確地說出口而不是要你自己去察覺。就連難度很高的事情……我也會想辦法去做。」

一個人喃喃說完後，她緩緩朝我走近。

在坐在椅子上的我身後坐下。

「阿巧。」

耳邊傳來的呢喃聲，令我不禁渾身一震。

她的聲音雖然因為緊張而顯得僵硬，卻帶著令人不敢置信的性感氣息。

「——我已經做好心理準備了喔。」

我還以為自己的腦袋要融化，心臟要爆裂了。

『在妳做好心理準備之前，我什麼都不會做。』

對於我這番錯把膽小當成溫柔、以自我為出發點的宣言，她剛才明確做出了回應。

壓抑內心的羞恥感，清楚地將心情化為言語。

在茫然無措的我身後，她將手伸向沐浴乳按壓數次，然後開始起泡。

我們的漫長夜晚就此展開。

後記

同居，也就是住在一起的意思。過去在不同環境、不同常識下生活的兩個人，要一起生活相當辛苦。因為不是獨自一人生活，所以替對方著想、慢慢地去配合對方的價值觀和常識非常重要。可是——過度配合對方也不是一件好事。若是抱著『我什麼都無所謂，只要配合對方就好』的想法，只會讓對方也很難受。因為，這麼做表面上看似是在替對方著想，實際上卻和把責任全部推給對方沒兩樣。一切配合對方和所有事情都自己決定，這兩者都是一種自以為是的行為。無論情侶或是夫妻都沒有所謂正確的形式，因此我認為相處上最重要的就是將各自的意見表達出來，彼此好好地磨合。

大家好，我是望公太。

與鄰居媽媽的純愛年齡差愛情喜劇第五彈。

以下有諸多爆雷。

第五集是兩人好不容易開始交往，卻突然變成遠距離篇——不對，是卿卿我我地展開同居篇。原以為前女友（偽）登場會把一切搞得天翻地覆，豈料她什麼也沒做，反倒是兩位主角自己白忙一場。我想這部作品的內容大致便是如此，另外，我預計下一集兩人就會結束同居回到家鄉。還有，我在上一集的後記也有提過……我在動畫相關的內容加入了許多虛構部分，還請各位不要見怪。

然後，我想各位從終章的內容應該也看得出來……那個時刻終於要在下一集上演了。既然兩個超過二十歲的成年人開始同居，就絕對避免不了這個主題。雖然不曉得最後會變得如何，不過我打算試探電擊文庫編輯部的底線。

再來，有個唐突的消息要告訴大家，那就是幾乎在這個第五集發售的同時，漫畫版的第一集也要發售了（註：此指日本出版進度）！漫畫版不僅描繪出原作的內容，更洋溢著漫畫獨有的迷人魅力。由於裡面也刊載了我新創作的短篇，還請各位多多指教！

以下是感謝的話。

宮崎大人，這次也受您照顧了。配合黃金週趕著作業真是辛苦您了……ぎうにう老師，非常感謝您這次也畫了好棒的插圖。雖然每張插圖都好漂亮，不過其中我最喜歡穿男友襯衫的媽媽。

最後，我要向閱讀本書的各位讀者致上最深的謝意。

那麼，有緣的話，我們就在下一集相見吧。

望公太

你喜歡的不是女兒而是我!?

這是第五集。
兩人展開小鹿亂撞♡的同居篇。

由於一如以往的

「接下去將會
如何發展!?」

已經在折口部分
寫過了，

因此這次的後記
就把焦點
放在看家的
美羽身上。

我想，
美羽現在
應該正在家裡
一邊跟外婆撒嬌
一邊吃冰，
自由自在地盡情享受
沒有媽媽的夏天吧。

這張插圖是責任編輯提出的點子，
描繪的是打扮率性、
和朋友外出到處享用美食的美羽。
她雖然感覺偏愛
時髦卻又簡單的服裝，
不過我想她應該穿什麼都適合。

好希望有一天
也可以畫成彩色插圖喔。

國家圖書館出版品預行編目資料

你喜歡的不是女兒而是我!?/望公太作 ; 曹茹蘋譯.
-- 初版. -- 臺北市 : 臺灣角川股份有限公司,
2023.03-
冊 ; 公分
譯自 : 娘じゃなくて私が好きなの!?
ISBN 978-626-352-358-6(第5冊 : 平裝)

861.57 112000507

Kadokawa
Fantastic
Novels

你喜歡的不是女兒而是我（媽媽）!? 5

（原著名：娘じゃなくて私が好きなの!? 5）

2023年3月20日　初版第1刷發行

作　者：望公太
插　畫：ぎうにう
譯　者：曹茹蘋

發行人：岩崎剛人
總編輯：蔡佩芬
編　輯：邱瓈萱
美術設計：黃永漢
印　務：李明修（主任）、張加恩（主任）、張凱棋

發行所：台灣角川股份有限公司
地　址：104台北市中山區松江路223號3樓
電　話：（02）2515-3000
傳　真：（02）2515-0033
網　址：www.kadokawa.com.tw
劃撥帳戶：台灣角川股份有限公司
劃撥帳號：19487412
法律顧問：有澤法律事務所
製　版：尚騰印刷事業有限公司
ＩＳＢＮ：978-626-352-358-6